武《たけ》村《むら》雄《ゆう》介《すけ》
藤《ふじ》野《の》深《み》月《つき》
パーカーの少年
女の子
藤《ふじ》野《の》隆《たか》司《し》

ビジネスコートの男
牧浦《まきうら》さやか

炎上していた雄介のバイクを背に、髑髏男が立っていた。
背中に風圧を受けてコートをなびかせながら、
こちらを観察するようにながめている。

ゾンビのあふれた世界で俺だけが襲われない 3

CONTENTS

ノクスノベルス

第一話　自殺者

キーをひねると、エンジンがかかった。

全長八メートルほどのプレジャーボートが、水上でうなりをあげる。

操舵室で計器のチェックをしたあと、雄介《ゆうすけ》はエンジンを切って腕を組んだ。

「問題は燃費か……」

もうすこし燃料を積んでいったほうがいいかもしれない。

「どのみちこれじゃ動けないしな……」

外をながめてつぶやく。

大粒の雨が操舵室の屋根を叩き、窓を流れている。水面もすこし荒れていた。

そこは河口ちかくの小さな埠頭だった。

マリーナと呼ぶほど大規模ではないが、釣り場やレストラン、休憩所にマリンショップも併設されている。岸壁には、大小さまざまな船がならんでいた。

無線機のマイクをとり、出力をハイパワーにして、市役所のチャンネルに合わせる。

送信ボタンを押しながら、

「こちら武村《たけむら》。市役所、聞こえるか？」

しばらくして、通信班の若い女の声が返った。

『——はい。こちら白谷《しらたに》です。どうぞ』

「使えそうな船を見つけた。しばらくしたら戻る。そっちでも受け入れ準備しといてくれ」

『わかりました！　ご無事で何よりです。あ……』

「？」

不自然な間のあと、白谷が言った。

『先生が近くにいらっしゃるので代わりますね』

「ん、ああ」

しばらくして、女医の牧浦《まきうら》が無線に出た。

心配そうな声で、

『あの、大丈夫でしたか……』

「いや、全然。こっちは問題ない」

『良かった』

ほっとしたような声がもれる。

「こっちの準備もあるから、あと二、三日はかかる」

『本当に……気をつけてくださいね』

なんとなく、牧浦のとなりで白谷が耳をそばだてている姿が浮かんだ。

牧浦は市役所の最古参のリーダー格で、かたや雄介は新参者だ。市役所でもそれほど接点はなかった。それがこんな風に親しげに話しているのは異様だろう。

『隆司《たかし》くんも経過は順調です。帰ってきたら顔を見せてあげてください』

「……そりゃ良かった」

雄介と牧浦が急接近したのは、深月《みつき》の弟、隆司の手術があってからだ。市役所の外まで連れ出し、二人で手術を進めた。その極限状態で、牧浦は自分の弱い部分をさらけ出した。今では体の関係にまでなっている。

あまり目立ちたくない雄介にとっては、市役所の中心人物である牧浦との関係はリスキーだったが、

(なるようになるだろ)

それで開き直ることにした。

「このへん店が多いから、なんか必要なのがあったら今のうちに言ってくれ。手に入るかはわからんけど、一応気にしとく」

『はい。リストを確認してから、またご連絡します』

「了解」

それで無線は切れた。

現在の雄介は、避難民たちの生活する市役所に、船を持ち帰るという目的で動いている。

自衛隊の救助が望めなくなったあと、残った人間たちは自力で生き抜かなければならなくなった。

今は屋内に鳴りを潜めているゾンビたちも、春になれば路上に現れる可能性がある。そうなると食料の調達もできなくなってしまう。

そこで、山の野外活動センターへの移住案が出た。

市役所から山のふもとまでは、川を使っての移動ができる。

そのための船だった。


雄介は近くのマリンショップでもう一日を過ごし、雨がおさまったころを見計らって出発することにした。

ボートに物資を持ちこみ、出発準備をする。

「んー……これにするか」

ライフジャケットは店にあるだけをかき集めた。まだ冬だ。ライフジャケットなしで水に落ちたら溺死する。運動性も考え、水に浸かるとふくらむタイプの物にした。

燃料のほか、メンテ用の工具も拝借しておく。ウェアや雑貨、ボート用品も持ちこむ。小型船舶免許の本もある。

集めた荷物は、船のキャビンに放りこんでおいた。操舵室の奥の階段から入れる居住区で、天井は低いが広さはそれなりにあった。

ボートの左舷には釣り用のロッドホルダーがあったので、釣り竿もいくつか立てかけておいた。

野外センターには川や池もあったので、それなりに役立つだろう。

最後に、渡し板でバイクを乗せた。ビニールシートで防水して、ロープで固定する。

これで準備は完了した。

係留ロープを解いて、船に移る。

「っし、いくか」

操舵室に入り、ドアを閉めて、雄介は座席にすわった。

視界は水面に近い。岸も上にあるため、かなり低く感じる。

エンジンルームの換気と、暖機運転はすでにすませてある。キースイッチを回してエンジンをかけると、後部からにぶい音が響いた。

右手でハンドルをまわしながら、左手でシフトレバーを前に倒して、ゆっくりと岸からはなれる。船尾が外側に振れるので、岸にぶつけないようにだけ注意した。

微速で動かし、川の中央まで来たところで、速度を上げた。

かじを切った方向に船体がかたむく感覚は、バイクに似ていた。

川幅は広く、他に船もない。速度を上げると船体も安定した。船首が波をかきわけて進む。

あとは、橋をくぐるときに橋脚にぶつけないよう注意するぐらいだ。

しばらくボートを走らせ、後ろに流れていく景色を楽しんだあと、雄介はつぶやいた。

「いい船だけど、物を運ぶのには難があるか……」

娯楽用のプレジャーボートだ。海遊びにはもってこいだが、荷物はあまり積みこめない。

これで山に人と物資を移動するとなると、何十往復もすることになるだろう。燃料も大食いなので、ガソリンが大量に必要になってしまう。

「水上バス……見つかんねーか。水運を先に調べたほうがよかったかな」

とりあえず市役所に戻ろうと、川をさかのぼっていく。

数時間ほどたったころ、工場地帯にさしかかった。

「ん……？　あれは……」

遠目に、土砂を運搬するような、平たい台船が目に入った。

岸壁の浮き橋に何隻か係留されているが、どれも赤錆びて古ぼけている。タグボートで引く、はしけのようなものだった。緩衝材代わりの古タイヤが側面にいくつも吊るされている。

「……使えっかな……」

速度をおとし、ボートを近づける。

空いている場所に船を停めて、木の杭にロープをくくりつけると、雄介は浮き橋に上がった。

一メートルほどのせまい橋のあいだを、足をすべらせないように気をつけながら、台船を見てまわる。

「うーん……」

どれもあまり使われていた様子はなく、岸壁にロープでがっちりと固定されていた。

形は長方形に近く、内側の一段低くなったところに、荷物や土砂を積みこむようになっている。

広さはかなりあった。

「これ動かせりゃ、一発だけどな……。いけるか？」

様子を見ながら歩いていく。

その途中で、雄介はふいに足を止めた。

（これは……）

台船のあいだの水面に、人の死体がうつ伏せに浮かんでいた。

長い髪が水中に広がり、顔は見えない。

水面下では、服がくらげのように水をのんでただよっていた。その一部が、そばの船底に引っかかっている。

嫌な予感がした。

船を探してバイクで川沿いに下っていたときにも、死体を見たのだ。

そのときはすぐに見失ったが、同じものかもしれない。

あまり触れたいものではないが、近くの台船から棒をとり、死体をたぐりよせる。

死体には浮力がほとんどなく、すぐに沈みそうになった。棒の先を服に引っかけて、橋までよせる。

「……」

近づいた死体の様子を見て、雄介は思わず顔をしかめた。

死体は、後ろ手に手首を縛られていた。

ひっくりかえすと、若い女の、無表情な顔がこちらを向いた。水温が低いためか、ほとんど腐敗もしていない。蠟《ろう》のように青白い顔が、波を被りながら水面をゆれている。

それを見ながら、雄介は考えこんだ。

（……もしこいつがゾンビだったとしても……）

後ろ手の拘束は尋常ではない。

人間の死体だとすると、なお悪い。これを行った者がどこかにいることになる。

そして、この川沿いを下ってきた雄介には、市役所の他に、人間のいるような場所がなかったことも知っていた。

急いで船に戻り、無線機のマイクをとる。

「こちら武村。だれか聞こえるか？」

雑音混じりに、女の声が返る。

『――はい。こちら白谷です。武村さんですか？　いまどちらですか？　どうぞ』

雑音抑制のスケルチをつまみで調整しながら、マイクに向かって話を続けた。

「今戻ってる途中だ。そっちは異常ないか？」

『いえ、特には。何かありましたか？』

それを聞いて、雄介は、どう伝えるか考えこむ。

白谷の声は平静で、特に事件が起こっている様子でもない。

「あー……何もないならいい。女の死体があったんで、一応確認しておきたかった」

『死体……ですか』

「まだ綺麗だったから、そっちから流れてきたかと思った。それだけだ」

『わかりました。一応、全員の安否を確認しておきます』

「たのむ」

『はい。……先生、寂しがってましたよ。早めに帰ってあげてくださいね』

「……」

『それでは』

閉口する雄介を残して、無線はとぎれた。

「暇かよ……」

うんざりとつぶやき、雄介はマイクを戻した。

◇◇◇◇

翌日、市役所への到着前に、雄介は再度連絡を入れた。

ボートの後ろに台船を曳航《えいこう》していたため、一人での着岸はさすがに不可能だった。調達班に人手を要請する。

遊覧船用の小さな船着場は、市役所の下流にあった。一ブロックほど離れた場所だ。桟橋にはすでに数人が待機していて、上の道路には、何台かの車と見張りもいる。

中州内とはいえ、このあたりはゾンビを掃除しているわけではないから、気は抜けない。

雄介は操舵室でハンドルをにぎったまま、後ろを向いた。長い曳航ロープの先の、台船の位置を確認する。そのままスラスターを操作し、慎重に桟橋によせていく。川の流れに逆らいながらなので、ロープはピンと張りつめている。

何度か失敗したあと、ようやく距離が縮まった。

待機していたメンバーが台船に乗り移り、係留ロープをとって、桟橋に固定していく。手順はあらかじめ無線で伝えてあった。

「ふー……」

神経を使う作業に、思わずため息をつく。

トラブルが起きたときはいつでも離脱できるように、曳航ロープを切る準備はしていたが、これだけの大物だ。早朝から移動を始めて、もう昼過ぎになっていた。

雄介はスロットルを閉じてボートを川の流れに乗せ、後ろの台船に置いた。緩衝材代わりのタイヤが、衝撃をやんわりと吸収した。

エンジンをかけたまま、デッキに出る。

外では工藤《くどう》が、ボートと台船をロープで固定していた。

雄介は手を上げ、

「サンキュ」

工藤は呆れたように、こちらを見上げた。台船にかぶりを振り、

「またでかいの持ってきたな……」

「これなら一発でいけるだろ」

「まあな」

雄介は台船の上を歩き、アンカーを川に放りこんでいった。ロープの先に重りのついた錨だ。適

当な固定の仕方だったが、やらないよりはマシだろう。
そのとき、ふいに視線を感じて、雄介は顔を上げた。
まわりを見るが、こちらを向いている人間は誰もいない。
みんな作業に集中している。
（……なんだ？　視線……っていうか、なんだこれ……）
やかましい雑踏の中で、ふいに声をかけられたような。
それが周囲の雑音に負けて、聞きとれなかったような、そんな感覚だった。
はっきりとしない違和感がつのる。
顔をめぐらせ、周囲の建物を見わたす。
川ぞいに道路が走り、その奥にはビルが密集している。
動く影は何もない。
（気のせい……？　いや……）
どこか覚えのある感覚だった。
こちらを探るような視線。
「バイク下ろすんなら手伝うぜ」
後ろからかかった工藤の言葉に、雄介は我にかえった。
「……あ、ああ。頼む」
「中も見たけど、クルーザーか？　高そうな船だよなあ。こんなのよく操縦できたな」

「動かすだけなら案外いける。あとで教えてやるよ」

「お、いいな。……って、そうだ、女医さんが呼んでたぜ。着いたらすぐ来てくれって」

「なんの用だ？　無線もあんのに」

「さあ？　さっさとバイク下ろして行ってやれよ」

からかうような声音だった。

雄介はため息をつき、エンジンを切るために操舵室に向かう。

一度だけ陸に顔を向けたが、もう視線は消えていた。

◇◇◇◇

牧浦は事務室にいた。

中では大勢の人間が動きまわっていて、慌ただしい雰囲気だった。

「武村さん！」

雄介に気づくと、牧浦は嬉しそうな顔を見せた。

しかし、すぐに緊張した様子に戻った。そばの人間に声をかけたあと、雄介をうながして部屋を出る。

そのままひとけのない廊下まで歩き、そこで牧浦から告げられたのは、行方不明者が出ている、ということだった。

「……行方不明？」

雄介の言葉に、牧浦はうなずく。

女が二人、所在がつかめなくなっているらしい。

昨夜に全員の安否を確認したところ、発覚したそうだ。

「いつからいなかったんだ？　配給のときにわかるだろ」

牧浦は壁に背をあずけたまま、悩むように口を開いた。

「……それが……名簿から外れていて……」

「……名簿から？」

「三日前に、市役所内のグループ替えを行ったのですが、そのときまでは無事を確認できています。……問題はそのあとです」

野外センターへ移住する前に、新参古参で分かれていたグループを組み直して、移住後のグループ分けの参考にするという話は聞いていた。ところがそのあとから、二人の所在がつかめなくなっているらしい。

牧浦は唇を噛《か》み、

「名簿も草稿の段階では、どちらの名前もちゃんとありました。……施行の段階で、どのグループからも消えているんです。人数も調整されていて……。別のリストと人数が合わなくて、ようやく発覚しました」

雄介はしばらく沈黙し、その意味するところを考えた。

「……内部の人間のしわざか？」

「それは……まだわかりません」

牧浦は口ごもるが、たんなる記載ミスなら、すぐに気づかれたはずだ。

当の本人が失踪しているということが、不吉な予感をただよわせた。

水死体のことが、否応なく思いだされる。

「その……武村さんの見た遺体が、行方不明の方なのかはわかりませんが」

その可能性はある、ということだろう。

雄介は苦々しく口を開いた。

「……無線じゃ言ってなかったけど、死体は手を縛られてた。後ろにな」

「……」

牧浦は黙りこむ。

重苦しい空気がたちこめる。

「これからどうするんだ？」

「……今は、警備の方に聞きこみを行っています。……名簿の改竄《かいざん》については、厳重に管理していたわけでもないので、どこまでしぼりこめるかはわかりませんが……とにかく、情報を集めようと思います」

「……足止めされてる場合じゃねーのにな……」

雄介は天井を見上げながら、ため息をついた。

◇　◇　◇　◇

市役所の屋上は風もあり、寒気がひどかった。首元まで上げたジャケットの隙間から、冷気が忍びこんでくる。

タンクや機械類の建ちならぶ屋上の、その外れで、作業用の足場に腰かけながら、雄介は地上をながめていた。

すでに日は落ちていたが、月明かりでそれなりに明るい。

手すりもないため、屋上からはまわりが綺麗に見わたせた。周辺は特に異常もなく、橋のたもとでは、見張りがのんきにお喋りに興じている。

それらをながめながら、雄介は物思いにふけった。

（昼間のあの感覚……）

敵意とも殺意とも違う、こちらを探るような、無機質な感触。

理解できないものをながめるような、虚《うつ》ろな視線。

それに近いものを、雄介は思い出していた。

大学キャンパスで出会った、ゾンビの知性体たちだ。

（あいつらに見られてんのか……？）

市役所を遠巻きに監視されている。

そんな感じがした。

屋上から見える範囲では、なんの気配も感じられないが……

(今度の失踪にも、あいつらが関係してる……？　いや、それはないか)

知性体の中には、外見のまともな者もいた。服で傷を隠せば、市役所に潜りこむことはできるかもしれない。

しかし、見慣れない人間が庁舎にいれば、すぐわかるだろう。運営側の人間が気づかないはずがない。

それに、名簿を改竄して人をさらう、というような迂遠《うえん》なことをするようにも思えなかった。

キャンパスでかいま見た、あの人間に対する憎悪は本物だ。

奴らなら、もっと苛烈な手を使う。躊躇《ちゅうちょ》などしないだろう。

(でも、だとしたら、なんで襲ってこない？　監視だけに留めて……。あいつらだけなら撃退できる。それがわかってるからか？)

十数人の知性体。

脅威なことはたしかだが、人数はこちらがはるかに多い。バリケードも武器もそろっている。

襲われても、市役所が全滅するほどではない。

脅威という点でいうなら、ゾンビの大群に襲われるほうがまずい。そうならないために、市役所から脱出しようとしているのだ。

(それとも……俺か？)

獲物のそばに、わけのわからない存在がいる。
そのために躊躇しているのだろうか。
昼間の感覚を思い出す。
水面に小石を投げこみ、その波紋を確かめるような視線。
あれは、こちらが同じ仲間なのかどうかを、試そうとしていたのかもしれない。
あの場にいた人間の中で、自分だけが反応した、異様な感覚……
そこまで考えて、雄介は顔をしかめた。
（俺は人間だっつーの……）
手のひらをながめ、ゆっくりとにぎる。
心臓は動いているし、血は温かい。
間違いなく生きている。
ふいに階下がざわついた。
雄介は動きを止め、様子をうかがう。
遠くで悲鳴があがっていた。

◇　◇　◇　◇

現場は、西庁舎の一階だった。

もともと新参者が集められていた棟だが、グループ替えで本庁舎に合流したために、今はひとけもなくなっている。

その暗闇の一室の窓ぎわで、男が首を吊っていた。

月明かりが男を照らしている。

あたりにはすでに十人ほどの人間が集まっていた。入り口の外から、こわごわと中をのぞいている。

その人の群れを押しのけて、雄介は近づいた。

男の足もとではすでに数人が、吊られた体を下ろそうと苦戦していた。外壁のパイプを手掛かりにしたらしく、開いた窓の外から伸びるロープが、男の首に巻きついている。下には靴がならべてあった。折り畳まれた白い手紙も。

それを横目で確認しながら、ロープを解こうと苦労している男に声をかける。

「手伝う」

「あっ、ああ、頼む！」

窓枠に足をかけ、腰から抜いたナイフでロープを切りはなす。体重が一気に下にかかり、吊られていた体がぐにゃりと曲がった。糞尿の臭《にお》いが鼻をつく。

（手遅れか……）

生きている人間の感触ではない。

下ろしている間に、警備班の人間も集まっていた。やじうまを廊下に遠のけている。

カンテラで明かりが用意され、男が床に横たえられた。

目は半眼で、口元はかすかに開いている。

首を吊った男は、警備班の人間だったらしい。顔見知りらしい者たちから、うめき声やつぶやきがもれていた。

しばらくして、牧浦が到着した。

誰かが連絡したのだろう。往診用の鞄を持っている。

牧浦は男のそばに膝《ひざ》をつき、首に手をそえた。胸に聴診器を当て、まぶたを開き、光への反応を見る。まわりはそれを、固唾《かたず》をのんで見守る。

結果はすぐにわかった。

「…………」

牧浦はうつむき、なんの処置をすることもなく、のろのろと乱れた服を直していく。

「そんな……」

誰かの声がもれる。

その場に、沈鬱な空気が広がった。

先の見えない今の世界で、自殺の理由にはことかかない。動揺というよりは、目をそらしていたものを見せつけられたような、来るべきものが来たとでもいうような雰囲気だった。

「先生……これが足もとに」

そばにいた男が、手紙を差し出した。

牧浦は受け取ったそれにさっと目を通し、何度か読み返したあと、顔を上げた。

物問いたげな周囲の視線に、牧浦はすこしためらってから、

「……謝罪の言葉がありました。失踪した二人の女性とかかわっていたそうです。心中に失敗したと」

「心中……ですか？」

「ええ……」

牧浦の説明によれば、名簿の改竄を行ったのがこの男らしい。

希望の持てない生活の中で、男は女二人から心中に誘われる。そのときは一緒に死ぬ約束をしたが、どたんばで恐怖にかられて逃げてしまった。そのあとは名簿に手を加えて事を隠蔽しようとしたが、委員会の捜査で発覚しそうになり、追いつめられて首を吊った……という経緯のようだ。

それを聞いて、

（……おかしくねえか？　逃げたくせに今さら首を吊るって……。死ぬ奴の気持ちなんてわかんねーけど、なんかつじつま合わせみたいな……）

雄介と同じように、ふに落ちないといった顔をしている者もいる。だが、ほとんどは納得しているようだった。仲間の死の衝撃が大きく、理由まであまり考えたくないのかもしれない。

雄介はしぶしぶ、口を開いた。

「それ、本当にそいつが書いたのか？」

その言葉に、周囲の視線が集まる。

遺書の捏造《ねつぞう》。

他殺ではないかという懸念だ。

「それは……でも」

牧浦は手紙に目を落とし、顔を上げてこちらを見る。

頭のいい牧浦が他殺の可能性に気づかないはずはないが、これ以上の重荷は背負いたくない、というような雰囲気だった。

(気持ちはわかるけどさ……)

まわりの男たちに視線を向け、

「市役所にきたときに書かされた登録カードがあるよな。あれと筆跡を比べたい」

警備班のうち二人がすぐにうなずき、部屋を出た。

遺体の処理もあり、すぐに場は動きはじめた。

雄介も後始末を手伝いながら、

(嫌な感じだな……)

ここ数日で、変死と行方不明があいついでいる。

そのことに、妙な胸騒ぎがした。

第二話　餞別

雄介が市役所に戻っていることは深月も聞いていたが、なるべく顔を合わせないようにしていた。まだ、どんな顔をすればいいのかわからない。

深月は無心で、洗濯の手を動かす。

水は冷たく、手洗いをするうちに両手は真っ赤になっていた。自分の服も洗っているため、今は膝《ひざ》たけのスカートにタイツの重ね着で防寒していた。

洗濯場は、公園をかこむ道路の排水溝近くにあった。そばには川からくんだ水がタンクで用意されている。平桶の水にくぐらせるようにして、子供たちの小さな服をすすいでいく。

（優《まさる》の服……あって良かった）

深月はぼんやりと物思いにふける。

雄介が駐屯地から連れてきた女の子だが、替えの服がなく、ダンプに積んでいた荷物から用意した。男児用の子供服だが、女の子の雰囲気にはよく合っていた。

最近は弟の隆司と一緒に、市役所のあちこちを探検しているようだ。女の子のほうは遊んでいるというより、安全を確認するような仕草だったが。隆司が手術から回復したあとも、ずっとそばについて離れないでいる。

以前はもっとひどかった。隆司が手術のために市役所からいなくなったときは、見ていて可哀そうになるほど落ちこんでいた。膝を抱え、ずっと座りこんでいた。

普段は鋭い雰囲気をただよわせているが、内面は違うのだろう。当然だ。隆司とおなじ、低学年ぐらいの子供だ。毅然《きぜん》とした様子を見せるほうがおかしい。

(もっと安心してほしいけど……)

どんな体験をしてきたのかはわからないが、大人にたいして根強い不信感があるようだ。気をゆるめることがなく、深月にもほとんど話しかけない。

ただ、前ほどには距離を感じなくなっている。

(名前……いつか教えてくれるかな)

かるくしぼった服と下着を、近くの木に渡されたロープに干していく。晴天とはいえ、気温は低い。乾くのには時間がかかるだろう。

青空を見上げ、深月はきびすをかえした。

◇◇◇◇

庁舎に入り、衛生班の詰め所に向かう途中で、深月はびくりと足を止めた。

視線の先に、雄介と牧浦がいた。

何かを話し合っている。

深月はとっさに隠れようとしたが、それより先に雄介がこちらに気づいた。

目が合う。

それだけで動けなくなる。

二人は話を切りあげたらしく、雄介がこちらに歩いてきた。また外出するのか、肩からフィールドバッグをぶら下げている。

「あ、の……」

深月は言葉につまるが、

「ちょうどいい。今は時間あるか？」

「……は、はい」

「ちょっとこい」

階段をのぼって連れられていった先は、屋上に近い、使われていない一室だった。周囲にはひとけもない。室内にならぶ事務机に、窓から日の光が当たっている。

「あ……の……、これは……」

体に汗がにじむのを感じながら、雄介の様子をうかがう。

雄介はそれにかまわず、バッグの中の荷物を机にならべはじめた。

包みが解かれると、深月は息をのんだ。

「それは……」

さや付きのナイフと、ホルスターにおさめられた自動拳銃だった。

雄介はナイフを手に取り、

「後ろ向け」

「え……？　えっ!?」

強引に後ろを振り向かされ、上着のすそをまくり上げられて、深月は動揺したように手をわたわたさせた。

「た、武村さんっ！」

「……」

動きをとめた雄介の顔を、深月は背中ごしに見上げる。

「……ち、ちゃんと説明がほしいです。これはなんですか？」

雄介はすこし考えこみ、

「行方不明と自殺の話は聞いたか？」

「あ……はい。……心中って聞きました」

「経緯はどうでも、死人が出てる。市役所の中も安全じゃねえ。それの用心だ」

「そんな……。……で、でも、市役所内は、武器を持ってたらだめなんじゃ……」

「こうやって簡単に持ちこめるのにか？　その気になったらなんの意味もねーよ」

「……」

雄介の手で、深月のスカートのベルト部分に、ナイフがくくりつけられる。にぎりも細く、薄身のため、上着の上からではそれとわからないだろう。

「抜けるか試してみろ。ゆっくりな」

雄介の言葉に、深月は後ろを見ながら、おそるおそるナイフに手をかけた。

左手でさやを押さえ、右手でにぎりをつかむと、すこしの抵抗のあと、ナイフが抜けた。

細身ながら、硬質にかがやく、鋼の刃。

その刀身を、深月は魅入られたように見つめた。

「よし、もういい。次はこっちだ」

雄介がナイフを戻し、拳銃を手に取る。

「持ってみろ。弾は入ってない」

渡された自動拳銃の、黒光りする鋭角なフォルムを、深月は途方にくれたようにながめた。

「安全装置と狙い方だけ覚えろ」

雄介にうながされるまま、深月は射撃姿勢をとる。

両足をやや開いて、右手でグリップをにぎり、左手で包むように構える。

雄介が深月の腕をとり、顔をよせて、照準を修正した。

「銃の先っぽに出っぱりがあるだろ。それが手前のへこみに重なるように狙え」

「……こ、こうですか？」

深月はうわずった声で答える。

「右目で狙ったときと両目で狙ったときで、照準がずれてないか？」

「……同じです」

「ならいい。引き金を引いてみろ」

「……」

人さし指を引きしぼる。

カチ、という感触とともに、反動がきた。

雄介に強く押されたのだ。

「わっ⁉」

深月は思わずたたらを踏む。

背中を雄介に支えられて、深月は心臓がはねるのを懸命に抑えた。

「反動はこんなもんかな……。わかってれば大したことない。とにかく撃ったときには転ぶな。それだけ注意してろ」

「は、はい」

「別に当てなくていい。天井に一発威嚇でもしてやりゃ、あとは構えてるだけで相手もビビる」

それだけ言うと、雄介は銃を手に、フィールドバッグのところに戻った。安全装置をかけ、マガジンを装塡《そうてん》しながら、

「銃のことは誰にも言うなよ。いざってときも、ギリギリまで使うな。最後の手段だからな」

「……はい」

「ナイフはおまえなら護身用ってことで言い逃れできる。でも銃はまずい。絶対に見られんな。隠すとこは……」

雄介の視線が、深月の体を、上から下まで観察する。

心もとないその感覚に、深月は落ちつかなげに姿勢を変えた。

「……服の下だな。ちょっとシャツ上げろ。ベルトを巻く」

「え……、あ……、は、はい」

雄介がフィールドバッグの中をかきまわし、ベルトの準備を始める。

それを横目に、深月はシャツをへその部分まで、おずおずとたくし上げた。

腰まわりが、ひんやりとした外気にさらされる。

頬が熱を持つのを感じた。

「これ巻きつけろ」

手渡されたのは、茶色いベルトだ。中央に空のホルスターが固定されている。斜め上に口が開き、ふたのような留め具もついている。これを背中にまわすらしい。

「んっ、と……」

留め穴を限界まで使って、ベルトがお腹からずり落ちないようにする。

「いけるか？」

雄介が背後に立った。

「だ、大丈夫です……」

「……あんま上だと銃が抜けなくなる。もうちょい下だ」

「あっ……」

深月の腰骨に乗るように、ベルトの位置が調整される。雄介の手が肌の上をかすめた。

それにびくりと震えてしまい、その大きな反応に、雄介も驚いたように手を止めた。

気まずい沈黙がたちこめる。

（………）

深月はたくし上げたシャツをにぎりしめ、うつむいた。

自己嫌悪にかられる。

意識するべきではないと思っていても、体が反応してしまった。

深月の体で、雄介に触れられていないところのほうが少ない。この距離の近さが、スーパーでの毎夜のことを思いださせた。

「……ぁ……の……」

「……」

心臓が脈打つ。

雄介の手が、迷うように、ベルトをなぞる。

右手が腰にそえられ、肌の記憶を確かめるように、そっとなでられた。

「っ……！」

それだけで、深月の中はかき乱された。

押し殺した吐息がもれる。

その気配にあてられたように、男の、ピリピリとした欲望が伝わってきた。

葛藤させてしまっている。

自分のせいだ。

(はなれないと……)

胸にうずく痛みをこらえながら、深月は思った。

地下駐車場で見た、雄介と牧浦の、親密な光景。

二人がどういう関係かは、一目でわかった。

その日は何も考えられなかったが、日がたつにつれ、後ろ向きの納得感がつもった。

医者であり、市役所の柱である牧浦と、一人でさまざまな事をこなす雄介。

深月からしても、良い組み合わせだと思った。性格や雰囲気は正反対だが、どちらも市役所の行方を左右する存在だ。

それにたいして、自分は……

水仕事であかぎれした手が目に入る。

(だめだ……私じゃ……)

余計なことをしたら、二人の邪魔になってしまう。

それは、自分が惨《みじ》めだった。

意を決して動こうとしたとき。

ふっと空気がゆるんだ。

雄介の手が離れていく。

「……」

「……」

二人は無言で距離をとった。

雄介は背中を向け、机の銃を手に取る。

「……とりあえず銃入れとくから、一回ホルスターから抜いてみろ」

「はい……」

それからは、なるべく平静にふるまった。

雄介が背中におさめた銃に、そっと右手をそえる。

グリップをにぎり、親指で留め具を開けて、ゆっくりと斜め上に引き抜く。

引き金と安全装置に触れないように注意しながら、深月は両手で銃を抱えた。

その冷たい鉄のかたまりは、手のひらにずしりとくいこんだ。

「最後の手段だけどな。使うときは躊躇《ちゅうちょ》するなよ。もし見つかったら俺の名前出せ」

（……）

銃を見つめながら、ひとつだけ疑問が残った。

雄介を見上げ、小さく口を開く。

「……武村さんは、なんでこれを私に……？」

「さっき言っただろ」

「……そうじゃ、なくて……。もう別々に行動してる、他人なのに、どうして……」

「……」

沈黙が続いた。

雄介の視線が、過去を探るように宙をさまよう。

やがて、ぽつりと、

「あんときさ……」

そこでとぎれる。

深月はじっと待つが、それ以上の言葉は出なかった。

雄介はため息を押しだすように、

「別に、深い意味はねーよ」

「……そうですか」

「餞別《せんべつ》だ。おまえの言うとおり、他人だからな。自分の身は自分で守れ」

餞別。

この先、もうかかわることはないのだろう。

さまざまに去来する思いを、深月は封じこめた。

銃を胸元に抱きしめ、深々と頭を下げる。声が震えないように祈りながら、

「ありがとう、ございました。今まで……」

「……まあ、元気でやれよ」

「……はい」

雄介が荷物をかたづける間も、深月は顔を見られたくなくて、じっとうつむいていた。

第三話　野外センター

西庁舎で出た自殺者については、できる範囲での調査がされた。

しかし、筆跡も登録カードと同じもので、疑念は残るが、それ以上言いたてる雰囲気でもなく、雄介は引き下がった。

微妙な空気がただよう中、雄介たちは行動を始めた。

調達班の全員でボートに乗りこみ、山へと向う。

野外センターへの移住は運営委員会でも可決されたが、実際にそれが可能かどうかは道中の安全性を確認してみないとわからない。その役目は当然ながら、調達班が担うことになっていた。

川をさかのぼりながら、雄介は工藤にボートの操作を教えた。何度か操船を交代したが、飲みこみは早く、川を移動するだけならすぐできそうだった。

上流に行くにしたがって、川はだんだん細く、浅くなっていった。

緑地公園のそばにきたところで、陸に上がった。

民家は遠く、大勢の移動でもゾンビを警戒しやすい場所だ。

隣接する大きな倉庫の、ひらけた敷地を通り、山へと続く裏道に入る。舗装はされているが、車線も分かれていない道路だ。

まわりは木がおいしげり、見通しは悪かった。警戒しながら進んだが、幸い、ゾンビとは出くわさなかった。

途中で神社を見つけて、一休みする。

メンバーそれぞれがサバイバル用の装備で身を固め、山で使う機器も運んでいるので、疲労はあった。ただでさえ山登りだ。

汗を乾かせながら休んでいると、猫が何匹か、境内でひなたぼっこしているのが目に入った。

こちらには特に興味もないようだ。

(あいつら何食ってんだろ……ねずみか?)

屋外のゴミはすぐに腐りきって食べられなくなる。屋内に侵入できるねずみが繁殖して、それを獲物に、野良猫が増える……

(春になったら猫の町になってたりして)

ゾンビは動物を襲わない。存在には気づくようだが、何かしようとしているところは見たことがない。

そのうち、山の野生動物も下りてくるかもしれない。平野を支配していた人間はもういないのだ。

休憩が終わると、工藤がバックパックを背負いながら、うんざりしたように言った。

「センターで車見つけようぜ。生身は神経使うわ」

「あー、何台かあるといいな。川との往復に使える」

市役所から調達班の車両を持ってこられれば良いのだが、ごちゃごちゃした市街地を通ることになる。リスクが高かった。

隊列を整えて、ふたたび坂道を登りはじめる。

その道すがら、社長がぽつりと言った。

「今のうちに移動することにして良かったかもなあ……ガソリンもそのうち使えなくなる」

「え、そうなんすか？」

工藤が驚いたように振り向く。

「劣化するからな。保存状態にもよるが……二年ぐらいでエンジンがかからなくなる。軽油なら問題ないんだが……」

「二年っすか……。それまでサバイバルとか想像したくねえなあ……」

「ディーゼルを見つけたいですね。発電機も」

佐々木が言った。小銃をスリングで肩にかけ、会話のあいだも周囲を警戒している。

元自衛官の佐々木には、小銃のひとつを渡していた。もともと自衛隊の武器だ。

ボートの中で簡単な整備もしてもらったが、なるべく撃たないほうがいいと釘を刺された。試射してからでないと危険らしい。

ただ、銃剣をとりつけているので、槍代わりにはなる。雄介もスリングで肩にかけていた。とりまわしを考えると、近接武器としては優秀だろう。

工藤がうらやましそうに、

「……もうねーの？　そいつ。駐屯地に行ったんだろ？」

「部品取り用のはあるけど……弾があんまなかったからさ。かさばるし。筒だけ持って帰ってもな」

「音のこともある。使わないにこしたことはない」

佐々木が締めくくった。

◇◇◇◇

野外センターのゾンビについては、すでに雄介が掃除していたので、ほとんど姿はなかった。

中央ロッジを中心に、森の中に小道が伸びている。ログハウスやキャンプ場が広がり、野外炊飯場や、体育館もある。

南には川とため池もあって、かなりの広さだった。

ただ、全体を活動範囲とするには広すぎた。防御に不安が残る。

中央ロッジだけでも、人間が住むには充分なのだ。

二階建ての屋内は宿泊室で、二段ベッドをならべたホテルのようになっている。一階には食堂や浴場、集会室があり、暖炉のある落ちついたラウンジもあった。すぐ近くに、工作室付きの倉庫も建っている。

社長が感心したように、

「かなりいいな。せまいが、うまくまとまってる」

「ここなら守りやすいっすね」

一階に入り口が複数あるが、いくつかはふさいでしまえばいい。いざというときは屋上からも脱出できる。

全員が入ると宿泊室がすしづめになるので、長期的には難しいかもしれないが、一、二ヵ月ぐらいなら充分だった。

「とりあえずここを拠点にしよう。余裕ができたら、まわりも使えばいい」

「了解っす」

その後は、駐車場で車を見つけ、ログハウスから物資を運びこんだ。

この野外センターを見つけたときに、雄介が最初に拠点にしようとしていた場所だ。

食料や水のいくらか、農作業用の種や肥料に、工具や電化製品。雄介が持ちこんだもののあつかえなかった太陽光発電の一式もある。調達班の人間なら、なんとかできるかもしれない。

その夜はロッジの防御を固め、二階で休んだ。

市役所との無線で、野外センターの環境や設備を伝えると、向こうもわいていた。希望の気配だった。

◇　◇　◇　◇

翌日、小銃の試射を行った。

屋上がちょうど開けていたので、銃や標的を持ちこむ。

音にひかれてゾンビが現れる可能性もあるので、それにそなえて他の人間も待機していた。いざというときはロッジにたてこもって撃退する作戦だ。周囲にゾンビがいる可能性もあるので、確認にはちょうどいい。

小銃の基本的なあつかい方や射撃姿勢については、佐々木からすでに教わっていた。

「始めよう」

佐々木に伏射の手本を見せられたあと、雄介も見よう見まねで従う。コンクリートに腹ばいになり、銃を構える。

黒でつや消しされた、アサルトライフルだ。

銃身には、熱を持っても左手で支えられるように、強化プラスチック製のハンドガードが被せられている。放熱用の穴がいくつも空いているそれを、砂袋の上にのせ、銃口がぶれないようにする。先端は、開いた二脚で床に固定されている。折り畳み式なので、普段はしまえるようになっていた。

佐々木が、雄介の姿勢をチェックしていく。

「つま先を外に。足はかるく開いて。床に張りつける」

言われたとおりに姿勢を調整する。

「グリップは強くにぎるな。肩に引きつけるぐらいでいい」

かるく力を抜き、銃床を右肩につける。ストックと呼ばれる肩付け台だ。

それに横から頬をあてて、照門をのぞきこむ。

小さい穴の先に、標的が見えた。手製の、紙に同心円が描かれた的だ。三十メートルほど先にある。

「照門におかしな影は出ていないか？」

「いや」

「ならいい。零点規正を始める。見ててくれ」

佐々木がすこし離れたところで、伏射の姿勢をとった。

雄介と同じように、砂袋と二脚で銃を固定する。ボルトハンドルを引いて初弾を装塡《そうてん》し、セレクターを単発に合わせ、標的を狙う。

「……」

パン、という射撃音とともに、的に穴があいた。

中心からすこし左上だ。

銃声の残響が、森の奥に消えていく。

続いて二発目、三発目と、弾痕がうがたれる。ほぼ同じ場所に当たっているが、全体的に左にずれていた。

佐々木は銃を固定したまま、照門の左右のつまみを回す。

照準の調整が終わると、引き金に指をかける。

撃った。

今度は真芯に命中した。

佐々木は顔を上げ、

「弾の余裕もないし、これですませよう。次は武村君の番だ」

「俺が調整やってもいいのか？」

佐々木はすこし考えこみ、

「人に向けて銃を撃つのは、かなり抵抗があると思う。動きをなるべく体に染みこませておいたほうがいい。伏射でこの距離なら、大丈夫だろう」

「りょーかい」

雄介はライフルを肩付けしながら、

(今さらだよなあ……)

皮肉に思った。

深月とスーパーにいたころは、人の形をしたものを傷つけることには、たしかに抵抗があった。たとえそれがゾンビだろうと。

この野外センターの掃除をしたときも、ゾンビを捕まえてダンプに乗せ、適当に街まで運んでいたものだ。

(今なら……死体にして積んでるかな)

いつからこうなったのかはわからない。

ただ、人間だろうとゾンビだろうと、敵なら平気で撃てるだろう。大した感慨もなくそう思った。

雄介の零点規正は、弾倉の半分ほどを使って終わった。三発撃って、ばらけた弾痕の中心に照準を合わせ、次の三発を撃つ。一発ごとに姿勢や動作を直され、最後には満足に当たるようになった。

「もっと遠距離での調整もしたいが……今日はここまでにしよう」

「ふいー、サンキュ。助かったわ」

「いや。こいつも貰ったしな。おたがいさまだ」

マガジンを外した小銃を抱え、佐々木はすこし笑った。

「あとは……そうだな。空気銃もあればいいんだが……」

「空気銃？　おもちゃじゃねーの？」

「いや、エアガンとは別物だ。圧縮した空気で弾を撃つんだが、鳥ぐらいならかるく落とせる。音も小さい」

「そんなのあるのか……」

「狩猟にはうってつけだ。私も一丁持っていた。山で生活するなら、あると便利だな」

「ふーん……」

(こんど探しに行くか……。銃砲店か？　そうか、猟銃とかもあるな)

空気銃でも猟銃でもかき集めれば、センターの防御はさらに固いものになるだろう。重機で堀も作れば、防衛もしやすい。春に向けてそなえておくのも良さそうだ。

そのとき、

「おい、出たぞ」

押し殺した声がかかった。

近くで作業をしていた工藤だ。

見れば、遠い木々のあいだに、人影があった。

地上をゆっくりとこちらに近づいてくる。

「ゾンビか？」

「だろーな。右足が骨だ。服もボロボロ」

若い男だった。山中を長くさまよっていたのか、土と泥で汚れている。太ももはえぐれ、白骨化した大腿部《だいたいぶ》が見えていた。

銃声にひかれたのか、右足を引きずって、まっすぐこちらに歩いてくる。

「一階のバリケードでやる。先に行くぜ」

槍を手に歩きだそうとする工藤に、

「ちょい待った。……俺にやらせてくれ。練習したい」

ライフルと砂袋を持ち、屋上を移動する。

手すりのない裸のへりに砂袋を置き、膝《ひざ》撃ちの体勢でライフルを固定した。地上への撃ち下ろしなので、二脚は畳んだままだ。

ゾンビがある程度まで近づいたところで、ボルトハンドルを引いた。マガジンから初弾が装填される。

銃の右側にあるセレクターに指をかけ、レバーを安全から単発まで回す。

準備ができると、照門をのぞいた。

穴の中心に照星を合わせる。

目と銃口をつなぐ照準線で、ゾンビを狙った。

望遠もついていないアイアンサイトでは、見えるゾンビの姿は小さい。あまり細かくは狙えそうになかった。

「まだ遠い」

後ろから、佐々木の声がかかった。

「もうすこし引きつけたほうがいい」

「ラジャー」

ゾンビはこちらを認識しているようで、顔をゆがめながら、よたよたと近づいてくる。

それをじっと、照準の先で追いかける。

やがて、木々のあいだを抜け、遊歩道に出てきた。

「……よし。いいぞ」

雄介はそっと息を止めた。

正確な照準に必要だからだが、あまり長いと酸素不足で視力が低下する。その前に撃たなければならない。

自分が銃の固定台になったようなイメージで、ゾンビの歩くすこし先に、照準を置いた。

銃身は砂袋で固定されている。こちらが余計な動きを与えなければ、狙いが外れることはない。

ゾンビの頭が重なる。

撃った。

（あ、くそ）

銃声とともに、ゾンビのこめかみがパッとはじけた。血肉が飛び散り、体がよろけたように倒れる。

かすり傷だ。

りきみが入った。引き金を引くときに、横に引っぱってしまった。

照準をずらし、うずくまった状態から起き上がろうとしているゾンビを狙う。その後頭部に、視線をキリのようにしぼりこむ。

（引き金は触れるだけ……）

指先を重りにして、そっと後ろに沈める。

押し出されるように、銃声が響いた。

視線の先で、ゾンビが突きとばされたように倒れた。
（ビンゴ）
地面につっぷしたまま、それきり微動だにしない。

弾は後頭部を撃ち抜いていた。

銃声がうすれ、静けさが戻ってくる。

数秒間、そのまま照準を続けたあと、

「……ふう」

息を吐き出し、雄介は顔を上げた。

セレクターを安全の位置に戻し、振り返る。

「どうよ」

「……すげえな」

工藤はライフルの威力を見て、呆れたようにつぶやく。

となりの佐々木は、複雑な表情でゾンビの死体を見つめていた。

やがて、小さくうなずき、

「……後始末しようか。下におりよう」

「了解」

スリングで肩に戻し、的や砂袋のかたづけに入る。

工藤がそれを手伝いながら、

「頼もしいけど気をつけろよ。暴発とかシャレになんねえ」

「わかってるって。……しかしあれだな。これクセになりそうだ」

「こえーこと言うなよ……」

「冗談だって。さっさと死体かたづけようぜ」

肩をかるく殴られる。

雄介は笑いながら階段へと向かった。

◇◇◇◇

そのあとはセンター内でのこまごまとした作業が続き、日が落ちてからロッジに戻った。戸締まりを確認してから、それぞれ作業や見張り、休憩などで別れる。

雄介はロッジの一角、暖炉の前にいた。

「お、ついた」

薪が炎を上げる。

火つけにした新聞紙を中に放りこみ、雄介は腰を上げた。

一階のラウンジには、赤レンガの真新しい作りの暖炉が設置されていた。そばにはソファーも置かれ、談話室のようになっている。

やわらかい明かりと熱が、それらを照らしだした。

大きくなる火に、そばにいた工藤が手をすりあわせる。

「暖炉はありがたいな。倉庫にも薪いっぱいあったけど、どっかで切ってんのかな？　乾燥とかさせるんだろ？」

「どうかな。作るのも手間だろうし、よそから買ってたのかも」

「ふーん……」

「まあ、薪は準備しといたほうがいいな。切るのはしんどそうだけど」

「チェーンソー探そうぜ。ゾンビにも使える」

「使えねーよ……」

炎をながめながら、二人で無駄話をしていると、小野寺も姿を見せた。

何かの荷物を両手に抱えている。

「あ、ちょっと火を借りていいですか？　上も暗くて」

「いいぜ。ってか、それは？」

「懐中電灯が調子悪いらしくて。様子を見てくれって頼まれたんです」

「へー。すげえじゃん。直せんの？」

「いや……そうでもないんだけど。工作室を調べてたら、おまえならできそうって言われて。ハンダごてもあったんで、とりあえず分解してみようかと」

「ああ、眼鏡かけてるしな。たしかにそんな感じ」

「それはあんまり関係ないよね……」

小野寺は苦笑いしながら、ソファーのそばに座りこんだ。

工具箱から、ドライバーやテスター、ペンチやハンダごてなどを取り出し、広げた新聞紙の上で分解を始める。あまり苦労しているようには見えなかった。

工藤はそれを、興味津々《しんしん》にのぞきこむ。

「やっぱできるんじゃん」

「……そういえば小学生のときは、こういうのよくやってたかな。今まで忘れてたけど」

「メカ少年って感じか」

小野寺は作業を続けながら、

「昔は科学者になりたかったんだよね。あの白衣にあこがれて。雑誌の付録とかで、よく遊んでた。なんか機械いじりしてるのが格好よくて」

「へー……。でもそれ、科学者っていうか、メカニック？」

「今思えばそうかな……。まあ、子供のことだし」

小野寺は笑い、ハンダごてを暖炉の柵にかけた。先端を火の近くに向け、熱であぶる。

ハンダごては熱した先端で金属のハンダを溶かし、回路の配線などを固着させる道具だが、電気がないので火で代用しているらしい。

それを見ながら、

「子供のころか……」

工藤が遠い目でつぶやく。

「俺はヒーローだったな」

「ヒーロー……ですか」

小野寺が目をまたたかせる。

「チビだったからさー。あの悪党をなぎたおしてく場面にあこがれてたんだよな」

それを聞いて雄介は、工藤に髪を切ってもらったときのことを思いだした。

「そういえば、おまえの読んでたって本もそうか。昔の中国っぽいの」

「ああ、たしかにあれも、ヒーロー大集合みたいなもんだ。こんど貸してやるよ」

「いらねー。漢字が多すぎると頭が痛くなる」

「……今の若いやつはこれだからよ……」

工藤はため息をつく。頬づえをつき、暖炉の炎を見つめながら、

「……でもまあ、昔の英雄って、みんな軽いサイコパスだったたって聞いたことあるな」

「なんだそりゃ」

「普通のやつは、他人を傷つけられないんだよ。どっかでブレーキがかかる。それが外れてるやつが、戦争とかで活躍して、英雄って呼ばれるんだと」

「……なんかロマンがねーな」

「悪党も同じだからな。ようは、その力を仲間のために使うかどうかだ」

すこし沈黙が混じる。

「仲間のため……ね」

「ああ」

不穏な気配を感じたのか、小野寺が顔を上げた。

雄介は口を開く。

「仲間のために殺しまくるほうが怖くねーか？　自分のためのが理解できるけどな」

「……そうかもな」

「だいたい仲間のためって、使いっぱしりにされてもしょーがねえだろ。こっちに得がありゃ別だけどさ。危険を押しつけられてもな。生き残りたけりゃ、自分でどうにかしねーと」

「そこは見解の相違ってやつだな」

工藤は暖炉を向いたまま、

「……そうだな。たしかに市役所のやつらは、羊の群れみたいに縮こまってる。でもな、それが普通で、そういうもんだ。動けって言っても無理なんだよ。だから、俺らがやるしかねえ。外に出てってゾンビぶっ殺すのはな。良い悪いじゃなくて、たんに人の作りが違うだけだ」

「……俺らが異常者みたいな言い方だな」

工藤は唇のはしをゆがめた。

「別に卑下してるわけじゃねーぜ。昔のだらだらした毎日にも、不満なんてなかったが……今の立ち位置も、そんなに悪いとは思ってない。……まあ、なんもしないでゴチャゴチャ言うやつはムカつくけどな。その点、小野寺は立派だぜ」

「え!?」

いきなり名前を出されて、小野寺はとまどう。

「おまえはまだ慣れてないだけで、こっち側だろ。こういうのは見た目じゃわかんねーもんだな」

「うーん……よくわからないけど。でも、がんばりたいとは思ってるよ」

「だろ」

工藤がこちらを見た。

「おまえもそういう気持ちはあるだろ？　でなきゃ、ここにいないぜ」

「……さあ」

「俺はさ、おまえのこと、すごいと思ってる。だから、なんていうか……。不安とも……心配とも違うんだけど……。……なんかうまく言えねーや」

工藤は頭をかき、

「すまん。忘れてくれ。俺よりおまえのほうがよっぽど働いてるのにな」

「……」

雄介は答えず、暖炉の炎を見つめながら、小さく息を吐いた。

「ん……？」

工藤が怪訝な声をあげる。

二階から、慌ただしい物音が聞こえてきた。

様子をうかがっていると、調達班のメンバーが下りてきた。ばらしていたはずの荷物や武器を持っている。

社長がこちらを見て、硬い声で言った。

「役所から無線が来た。荷物まとめろ。すぐ戻るぞ」

「なんかあったんすか？」

「死人が出てるらしい。向こうがパニックになってる」

雄介は立ち上がった。

「ゾンビか？」

「わからん。いや……ゾンビとは違うようだが、向こうもよくわかってない雰囲気だった。船は夜でも動かせるか？」

「ああ。速度は出せねーけど、ライトで照らせば……」

「よし」

慌ただしく出発の準備をして、車に向かう。

並木道は明るく、満月が出ていた。

不吉な明るさだった。

✚ 第四話 崩壊

医務室で作業をしながら、ガラス窓に映った自分の顔を見て、牧浦はふと手を止めた。

外はすでに暗い。

蛍光灯の光を反射して、窓は室内を映しだしている。

顔を近づけ、指で目の下をなぞり、しげしげとながめる。

(……クマ、うすくなってきたかな?)

横から声がかかる。

「先生、よければどうぞ」

振り向くと、ボブカットの若い女、白谷が、コンパクトを差し出していた。

彼女は通信班のリーダーだが、今はシフト外で牧浦の作業を手伝ってくれている。

「ありがとうございます」

おとなしく受け取り、鏡をのぞきこむ。

肌の疲れは隠しようもないが、以前よりはマシになっている気がする。

白谷がニコニコと、

「大変ですよね。化粧もできないし……。でも、先生は元がすごくいいんだから大丈夫ですよ!うらやましいです」

「……あまりからかわないでください」

牧浦は恥ずかしそうに視線をそらす。

机の上にはダンボール箱があり、中には書類が詰めこまれている。もとは運営本部にあったもので、中は用済みになったリストや、覚え書きのたぐいだ。

そのチェックを二人はしていた。

数日前に、女性二名が行方不明になっていることが発覚した。

その捜査でいっとき市役所は騒然となったが、新たに男の自殺者が出たこと、その遺書によって騒ぎは収束した。心中の失敗を懺悔《ざんげ》する文章が残されていたためだ。

男一人、女二人の心中事件。

その結論で、運営本部の捜査はすでに止まっている。

調査を続けているのは、牧浦と白谷の二人だけだった。

机にならんで書類に目を通しながら、白谷がすこし重い口調で言った。

「わたし、たぶん……今回のこと、変な事情はないんじゃないかって思います。だって、仕方ないじゃないですか。こんな状況で……」

「……そうですね」

内心は、牧浦も同じ気持ちだった。

カウンセリングも担当していた牧浦としては、忸怩《じくじ》たる思いがあるが、すべての人間に目を配ることはできない。

家族も、帰る場所も失い、化け物たちにかこまれ、世界の先行きすらわからないこの状況だ。救助が来ないと聞いて、自ら死に向かおうとする人間が出ても不思議ではない。

牧浦自身、精神的にもギリギリのところを、職責に支えられてやってきたのだ。

雄介のように、飄々《ひょうひょう》と生きていける人間ばかりではない。

牧浦はそう思ったが。

「でも、武村さんも気にされていましたし。できることはしておこうと思います」

それを聞き、白谷はくすっと笑った。

「先生も、良かったですね」

「……何がですか」

白谷のからかうような声音に、牧浦は視線を外して答えた。

「んふふふ」

「……やめてください。気持ち悪いです」

「それです！　先生、わたしにも普通に喋ってくれるようになったじゃないですか。お医者さんって感じじゃなくて。それが嬉しいんです。先生には失礼かもしれませんけど」

「……いえ、いいですが」

牧浦は苦笑を浮かべ、

「そうですね。たしかに……。こちらこそ、これからは仲良くしてくださると嬉しいです」

「はい！　もちろんです」

白谷が嬉しそうに笑った。

そのあとも書類のチェックは続いたが、これといった情報は得られなかった。

そもそも自殺者は警備班の人間で、書類に関与する面は少ない。他の人間の書いたシフト表や班分けに名前が出るぐらいで、筆跡の確認もおぼつかない。他にどんな情報を求めるべきかもわかっていなかった。

ついに未確認のものがなくなると、白谷は残念そうに言った。

「直前に話をした人でもいたら良かったんですけどね」

「ええ……」

「でも、これだけ調べれば、武村さんも納得してくれると思いますよ。これ以上は調べようがないですし」

「だと良いのですが……」

牧浦はため息をついて書類を置き、机によけていたカルテを手にとった。

自殺者の男の物だ。

こちらは調査を初めたときに、まっさきに確認している。

目立った怪我や病気もなく、精神的に不安定ということもない。社交的なほうではないが、トラブルは一度も起こしていない。警備班の仲間とは、それなりに付き合いがあったように見える。

不審な点はない。

行方不明の二人のカルテも確認したが、心中を企むような人間には見えなかった。

だが、それはカルテの上では、だ。
やはり自分が、萌芽《ほうが》を見逃したのだろうか。
(もっとこまめに話を聞いていれば、あるいは……)
そこに白谷の声が割りこんだ。
「先生、お茶をいれますので、すこし休憩しませんか？」
「……ええ、そうですね」
気をつかって言ってくれているのはわかっていたが、牧浦は生返事でそれに答えた。
ぼんやりとカルテをながめる。
(…………？)
ふと、はっきりとしない違和感が浮かんだ。
カルテは牧浦が書いたものだから、本人の書いた登録カードと筆跡が違うのは当然だ。
名前も年齢も合っている。
だが……
(……これは……)
慌てて横から登録カードをとり、ふたつを見比べる。
気配を察知したのか、白谷が声をかけた。
「……先生？　どうしました？」
牧浦は答えない。

しばらく沈黙が続いたあと、牧浦は顔を上げた。

「……すみません。各班のリーダーを会議室に呼んでもらえますか？　緊急会議を開きます」

「あ、はい。お急ぎでしたら、放送で」

「いえ、直接ことづてを。私もまわります。時間がかかっても構いません。他のかたにはなるべく知らせないように。……お願いできますか？」

「は、はい……」

牧浦の異様な雰囲気を察したのか、白谷はすこし緊張した面持ちで答えた。

◇◇◇◇

一時間後、会長の水橋をはじめとして、会議室には全員がそろっていた。

調達班は野外センターに出ているので、それ以外のリーダーたちだ。通信班の白谷も含まれている。

「名前の漢字が違う？」

牧浦の話を聞いた一人が、怪訝そうに言った。

「同じように見えますが……」

テーブルにならべられたカルテと登録カードを見比べ、男は首をかしげる。

「これを見てください」

牧浦はホワイトボードに、自殺者の名前の一文字を書いた。その横にもうひとつ同じ漢字を書くが、そちらはわずかに形が違っている。

「異体字です。この漢字は通常、上の横棒が長く書かれますが、私のカルテでは逆に、下の方が長くなっています」

「……それが何か、問題なのですか?」

わずかに線の長短が違うだけで、急いで書けばいくらでもありえそうな差だった。

「それは……」

牧浦は口元に手をやり、考えこむような姿勢を見せる。

男は困惑しながらも、横の人間にふたつの書類を渡していく。

書類がテーブルを回り、全員がそれを確認しおわると、牧浦は口を開いた。

「……病院などでも、管理システムに登録される名前と、本人の手書きで漢字が違うというのはよくあります。異体字は多く、コンピューターではそれを再現できないためです」

牧浦は続けた。

「ですが、このカルテは、問診の前に登録カードを参考にして私が書いたんです。名前の書き損じかと思って本人にも確認しました。ですが、この書き方で正しいと。手書きではそれが癖になっていると……。今になって思い出しました……。でも、その本人が書いた登録カードが、今見ると、私の書き写したカルテと字体が違うんです」

「ということは……」

「登録カードが書き換えられています」

ざわめきが起きた。

「じゃあ……あの遺書は？　筆跡はこれで確認したんでしょう？」

「……あれはつまり、他の誰かが……」

「なんてことだ……」

遺書の捏造。

ただの自殺ではない可能性が出てきたことで、会議室の空気は騒然となった。

そんな中、会長の水橋が口を開いた。牧浦を見ながら、

「どうしますか？」

牧浦は一瞬沈黙し、

「……市役所の人間、全員に、何かのアンケートを配りましょう。そこからカードの筆跡と近いものを探します。犯人が用心深ければ意図的に変えてくるかもしれませんが、目星はつかめるはずです」

「わかりました。なるべく早いほうがいいですね」

水橋がうなずく。厳しい顔はしているが、あまり動揺は見られない。

五十代の元高校教諭という来歴だったはずだが、意外と近くに傑物がいたのかもしれないな、と牧浦はちらりと思った。

会議室の扉が開く音がした。

振り向くと、男が二人、入ってくるところだった。

警備班の腕章をつけている。

「なんだ？　会議中だ。用事ならあとに……」

喋りかけた警備班のリーダーが、轟音とともに後ろに吹き飛んだ。

爆発音がビリビリと空気を振動させ、会議室の中を反響する。

テーブルについていた全員が凍りついた。

男は、木製のストックに黒い筒のついたもの――狩猟に使うような散弾銃を構えていた。男が銃身の下をスライドさせて次弾を装塡《そうてん》すると、排出された薬莢《やっきょう》が床に落ちた。

倒れた警備班のリーダーの胸元は真っ赤に染まり、テーブルにも血が飛び散っていた。

ぴくりとも身動きしない。

男が口を開いた。

「動いた奴から撃つ」

「ひ……」

逃げるように身をよじらせた一人に、すっと銃口が向いた。

「！　待ちなさいッ！」

立ち上がった水橋が、素早く向いたショットガンの銃撃を受けて、机から引き剝《は》がされた。

ハケでペンキを振るったように血潮が跳ね飛び、体が床に叩きつけられる。

耳がまだ麻痺しているのか、二度目の銃声は奇妙に小さく聞こえた。

牧浦は凍りついたように、それらをながめていた。

「……」

銃声と耳鳴りが遠のいていく。

警備班のリーダーも、会長の水橋も、床に倒れ伏したまま、身動きひとつしない。

他の人間は席についたまま、硬直していた。

部屋に入ってきた男は、三十代ぐらいだった。腰丈のビジネスコート姿で、閉じた襟元からはグレーのセーターとYシャツがのぞいている。

人相も凶悪なものではなく、すこしくたびれた普通のサラリーマンといった風情だが、右手にはショットガンを構えていた。

「あ……」

誰かがもらした声に、ショットガンが反応した。向けられた銃口に、悲鳴がかろうじて飲みこまれる。

「喋っても撃つ。言うとおりにしろ」

その場にそぐわない、平坦な声だった。

麻痺したような思考の中、牧浦は、男の素性にふいに思いあたった。

グループ替えのすこし前に、警備班への協力を申し出てきた、新参者の一人。

さらには自殺の現場で、雄介が遺書の筆跡の確認を言いだしたとき、真っ先に反応して動いた警備班の一人だ。そうだ、あの場にいた……

ビジネスコートの男は、ホワイトボードに書かれた牧浦の文字を見て、疲れたように言った。

「先生も、半端に鋭いから困るな……。死人が増える」

「ヘッ」

もう一人の男が鼻で笑った。

こちらはフード付きのパーカーで、十代後半ぐらいの若さだ。ざんばらに切った黒髪の下から、ニヤニヤと笑顔を見せている。

少年は右手にぶら下げていた大きなスポーツバッグを下ろし、道具を取り出しはじめた。

重ねられたタオルとガムテープ、それに結束バンドの束だ。

コートの男が、会議室を睥睨《へいげい》して言った。

「全員、両手を椅子の後ろにまわせ」

座る人間たちの反応はにぶかったが、ショットガンの銃口を向けられると、みなはじかれたように指示に従った。

牧浦はホワイトボードの近くで立ちつくしたまま、身動きできずにいる。

「動くなよー」

少年がパイプ椅子の後ろを歩き、メンバーの手足を結束バンドで拘束していく。コードをまとめるときに使うプラスチック製の細い帯だ。ハサミでならすぐ切れるが、自力ではまず外せない。

さらに口にはガムテープを、首にはタオルを巻きつけていく。

絞殺が頭をよぎるが、タオルはゆるくかけられているだけだった。

「いいぜ」

メンバーの拘束が終わると、男は銃を下げた。コートのすそを開いて腰の弾帯から散弾をふたつ取り、銃の下部から中に装塡していく。プラスチック製の円筒形のカートリッジが、ベルトにずらりと刺さっているのが見えた。

「準備してくれ」

「あいあい」

少年がスポーツバッグの奥から、荷物を取り出しはじめた。

現れたのは、不思議な形をした三つの部品だった。極端に反りかえったスキー板のような物がふたつ、弧のゆるいブーメランのような物がひとつ。中抜きの穴で軽量化されている。

少年が、素早くそれらを組み立てていく。

弦が張られたところで、それが弓だとわかった。

中央ににぎり手があり、上下に弧が伸びている。金属製で、全長一メートルは超えていた。複雑な部品をいくつもそなえた、競技に使われるような洋弓だった。

組み立てが終わると、少年は布をパーカーの左そでに巻きつけ、たるみをしぼりこんだ。指貫グローブをはめ、何度か拳をにぎって調子を確かめる。右腰にまわした矢筒には、矢羽根とシャフトが数十本見えていた。

「お？　誰か来た」

足音が廊下の外から近づいてくる。

先ほどの銃声を聞きつけて、近くの人間がやってきたらしい。

「………」

牧浦の手に汗がにじむ。

テーブルに寄りかかっていたコートの男が、牧浦に視線を向けた。

ショットガンはまだその手にある。

扉が外からノックが響く。

『大きな物音が聞こえたようなのですが、何かありましたか？』

男がふらりと入り口に近づき、無感動な声で答えた。

「こちらは大丈夫です。大事な会議中なので、調査してあとで報告していただけますか」

『わかりました。こちらで調べてみます』

会話のあいだも、コートの男はずっと牧浦を見ていた。右手のショットガンはドアごしに外に向けられ、人差し指はいつでも撃てるようトリガーにかかっている。

牧浦は何もできなかった。

足音が会議室から遠ざかっていく。

それを聞き届けると、男がぼそりと言った。

「さて……こっちは先生がいれば充分だ」

「はいよ」

少年が腰から大振りのナイフを抜いた。

それから、拘束されているメンバーの方に無造作に歩みよる。

最初の一人は反応できなかった。

髪をつかまれ、空いた喉の上を、ナイフが滑った。

噴き出した血は、少年が引き上げたタオルにふさがれた。

隙間から血が滴り落ちる。

「逃げるなって」

二人目は、もがくうちに椅子ごと倒れた。

そこに少年が馬乗りになり、ナイフを走らせる。倒れた体がビクンと痙攣《けいれん》した。

たちこめる血臭。

会議室の中で、いくつものうめき声と叫び声があがった。パイプ椅子が悲鳴のように軋《きし》み、床の上でガタガタと鳴る。

牧浦は制止の声をあげようとして、がくりと膝《ひざ》を崩した。

「あ……」

あっさりと二人の命が奪われたことが信じられなかった。

殺戮《さつりく》はそれで留まらなかった。

パーカーの少年が、残りの人間の喉をかき切っていく。

タオルが吸いきれなかった血が床に広がる。

ずっと市役所の運営をともにしてきた仲間たちが、次々と殺されていく。

ガタン、と近くで椅子の倒れる音がした。

「……ぅ……ぅ……」

倒れた白谷と目が合った。

口をふさがれたまま、真っ赤な顔をグシャグシャにゆがめて泣いている。

床に、失禁の水たまりが広がっていく。

その髪に少年の手がかかったとき、男の制止の声が届いた。

「そいつはいい」

「ん？　そう？」

パーカーの少年はまわりを見渡し、他に動く人間がいないのを見ると、大儀そうに伸びをした。

「んーじゃあこれでいいか。リーダー全滅！　ここもおしまいっと」

「気を抜くなよ。まだあいつらがいる」

「はいはい」

少年はナイフの先で白谷を指し、

「そっちはなんで？　使いものにならなそうだけど」

「いい。この二人を人質にする。これから西棟に移動するが、どちらかが逃げたらもう一方を殺す。抵抗しても同じ。いいな？」

口をふさがれたまま泣きじゃくる白谷と、呆然としたままの牧浦。

返事も求めていないのか、男はすぐに視線を外した。

弓を抱えたパーカーの少年が、会議室の扉を開ける。

「さて行くか。新天地へ出発！　あいつらはうまくやってるかな」

男たちに後ろからうながされ、牧浦と白谷はおぼつかない足どりで、会議室を後にした。

◆　◆　◆　◆

にぶく響くような音が、市役所のどこか遠いところで聞こえた。

深月は顔を上げ、耳をすます。

「……？」

続く音はなかった。

同じ資材室にいた人間も、怪訝そうに音のした方向に顔を向けている。

そばにいた小さな女の子が立ち上がろうとして、深月は慌ててその手をにぎった。五、六歳ぐらいの、雄介が駐屯地で保護した女の子だ。

汚れ放題だった髪は、今は洗ってとかされ、綺麗に背中を流れている。こざっぱりした格好をすると、とても可愛らしい姿になった。

だが、その眼光の鋭さは、預かったときとまったく変わっていない。今も異変に反応して、様子を見に行こうとしている。

「だめ、危ないから」

女の子は不満そうな顔で、深月を見上げる。

「見張りの人もいるから大丈夫だよ。あとで私が見てくるから、ね？」

女の子は唇を噛《か》みしめていたが、しぶしぶうなずく。そのまま隆司の横に寄りそい、部屋の入り口を凝視する。

弟の隆司も、無言で外の気配をうかがっていた。二人とも警戒しているのだ。

子供の順応性がこんな方向に使われていることに、深月は暗い気持ちになるが、すぐに頭を切り換えた。様子を見て何事もなかったと教えれば、また安心できるだろう。

資材室での手伝いをすませたあと、深月は袋を抱えて頭を下げた。

「靴下、ありがとうございました」

「いいのいいの。余ったはぎれで作ったんだから」

子供用の靴下があまりなく、それを知った資材室の人が作ってくれたのだ。

深月は再度頭を下げ、二人を連れて部屋を出ようとした。

そのとき戸口に、高校生ぐらいの少年が顔を出した。

「あ、深月」

深月の幼なじみ、敦史《あつし》だった。

警備班の、見張りのシフトに当たっていたはずだが。

となりに女が立っていた。

「……どうしたの？」

「いや、この人が深月に用があるって。ちょうど交代の時間だったから連れてきた」

それを聞いて、深月は視線を向ける。

髪を後ろで引っ詰めにした、気弱そうな女だった。一応笑顔を浮かべてはいるが、あまり他人が得意でないのか、引きつったような表情になっている。

「なんでしょうか？」

「……先生に頼まれて、人を集めてるんだけど……。来てくれない……？」

「牧浦先生が？　……さっきの音ですか？　ケガ人が出たとか」

「あ……そうかも」

女は曖昧《あいまい》に笑った。

「わかりました。この子たちもいるので、一度部屋に戻ってから向かいます」

「あ、いいから！　一緒に来て。急いでるから！」

急に必死になった声音に、深月は不可解なものを感じつつもうなずいた。

◇　◇　◇　◇

女の先導で向かった先は、渡り廊下をすぎた、西庁舎二階の一室だった。

深月たちが市役所にたどり着いたとき、最初に住居として案内された場所だ。

中はうす暗い。

すみにあるカンテラの明かりは壁際まで届かず、おぼろげなシルエットだけが浮かび上がっている。

ひとけの少なさを怪訝に思いながら、部屋に入ろうとしたところで、そでを引っぱられた。

後ろについてきていた女の子だ。

深月の方は見ず、横にいる引っ詰め髪の女に厳しい視線を向けている。

女が引きつったような笑みを浮かべた。

「ど、どうしたの？」

うろたえたように、戸口で止まった深月と女の子のあいだで視線を動かしている。

（……この人……？）

どこかおかしいと感じたとき、室内の暗闇で、気配が動いた。

（……っ!?）

とっさにあとずさったことで、暗闇から伸びてきた腕をかろうじて避けた。

横にいた女とぶつかり、もつれあう。

「なっ……」

部屋から出てきたのは、見覚えのない男だった。

こちらを捕まえようと手を伸ばしてくる。

明らかな敵意があった。

となりにいた隆司が、それに抵抗の気配を見せた。

既視感のあるその光景に、深月はゾッとなった。

「だめ！　離れてっ！」

相手を後ろに行かせないよう、反射的に体当たりした。

相手の正体もわからないままの、恐怖と怒りによる咄嗟《とっさ》の行動だったが、思わぬ反撃だったらしく、男の体勢も崩れた。壁に頭を打ちつけ、うめき声をあげている。

深月自身も打ちつけた肩と頭に強い痛みが走ったが、なんとか離れることができた。距離を取ろうとして、

（あ、ナイフ……ッ！）

雄介から貰った武器がある。構えれば相手も躊躇《ちゅうちょ》するだろう。

ベルトの後ろに手を入れようとしたところで、騒ぎの音を聞きつけたのか、渡り廊下の先から、警備の男が走り寄ってきた。

深月はとっさに叫ぶ。

「助けてくださいっ！」

その声に、男は反応しなかった。

必死の形相でこちらに向かってくる。

次の瞬間、ヒュン、と風切り音をたてて飛来した何かが、その背中に吸いこまれた。

背中から衝撃を受けたように、男がつんのめる。驚いたような表情で立ち止まっていたが、再度の衝撃を受け、突き飛ばされたように倒れた。

床に崩れた男の背中には、二本の矢が刺さっていた。

（…………）

一瞬、思考が止まった。

渡り廊下の奥に、複数の人間が姿を現した。

ビジネスコートの男が、床にへたりこんでいる人影を引きずって、こちらに歩いてくる。

男が振り返り、後方に向けて銃を撃った。炸裂するいくつもの爆発音が、こだまとなって響く。

遠くに見える中央ホールに、何人もの人間が倒れていた。床に赤い色が広がっている。

男に引きずられているのは、泣きじゃくる白谷だった。

牧浦も壁によりかかりながら、這いずるように歩いている。

どちらも後ろ手に拘束されていた。

（……！）

心臓が強く脈打ち、思考がパニックに陥りそうになる。

何が起きているのかはわからないが、後ろの二人をつれて逃げるべきだ。階段を下り、一階のどこかから脱出する。

身をひるがえそうとしたそのとき、腕を強くつかまれた。

「……っ!?」

女の引きつったような笑顔。

振りほどこうとしても離れない。指ががっちりと深月の腕にくいこんでいる。

そのあいだにも、男たちが近づいてくる。視線がこちらを向いた。銃口が持ち上がる。

逃げられない。

服の下の、背中にある拳銃の存在が、強く感じられた。

（これを抜いて、向ければ……、でも、ああ、ダメだ……）

男の持つ銃は大きく、存在感も圧倒的だった。はっきりとした射程の差はわからずとも、すぐに射殺される光景しか浮かばなかった。雄介からは、あくまで威嚇用として持たされたのだ。

深月は動きを止め、後ろの二人にささやいた。

「行って……！」

深月が体ごと押しやると、女の子は数歩あとずさりし、駆け出した。隆司を引きずり、角の奥に遠ざかっていく。

隆司のすがるような視線を感じ、それを強引に連れて逃げてくれた女の子に、深月は感謝した。

「…………」

突き飛ばされた男が、意識を回復したのか頭を振って起き上がり、深月の肩をつかんだ。

渡り廊下の男たちも近づいてくる。

深月は力なく、その場に立ちつくした。

◇◇◇◇

犯人グループは男が四人、女が一人だった。

監禁部屋には、牧浦と白谷の他に、二人の若い女もいた。深月の前に捕らえられたらしく、合わせて五人、全員が人質となっている。拘束され、壁際に座らされていた。

深月たちのそばには男が二人、監視するように立っている。ニヤニヤと笑みを浮かべてはいるが、それもどこか引きつり気味で、あまり余裕のない雰囲気だった。

弓を持ったパーカーの少年の姿はない。外で警戒しているようだ。

主犯格らしいコートの男は、すみに寄せられた机に向かい、左耳にイヤホンを付けて、ずっと何かをうかがっていた。

（…………）

深月は視線だけで、そっと部屋の様子を見渡した。

牧浦は周囲と目を合わせず、肩を落としてうつむいている。

白谷のほうは、虚《うつ》ろに視線をさまよわせるだけだ。他の二人の人質も怯《おび》えて、似たようなものだった。

深月もわけのわからない状態に恐怖を感じてはいたが、子供たちを逃がせたことで、わずかに希望をつなげていた。

（……まだ……）

武器もある。隙を見て、拘束を解ければ……

それからの、室内を流れる時間は遅かった。

男たちは交代で外の様子を見に行っている。緊張しているのか、じっとしていられないといった雰囲気だった。

しばらくして、窓の外から、かすかなエンジン音が聞こえてきた。

コートの男が窓辺に立ち、ブラインドの隙間から外をながめる。

野外センターに行っていた調達班のボートが帰ってきたのだ。

それが船着場に着いた頃合いを見計らって、男が無線機を取り出した。

「調達班か。話は聞いてるか？」

『………』

返答はない。無音のままだ。

男が再び発信した。

「手早く進めよう。他のリーダー連中は殺した。医者の先生もこっちにいる」

調達班のリーダーの、怒りを押し殺した声が返った。

『……なぜこんなことをした？　目的はなんだ』

「ああ……山の整備、ご苦労さん。悪いが、向こうは俺たちが使わせてもらう。ここにもそろそろウンザリしてきた。……船を操縦している奴だけ残せ。他は陸に上がれ」

『………』

「わかったな？　これから船に移るが、邪魔を感じたら……こっちには人質がいる。下手な真似はやめろ」

無線の相手が代わった。

雄介の声だ。

深月はハッと顔を上げた。

『勝手に話を進めんなよ。船の操縦なんかしねーぞ。山に着いたら用済みで始末されるんだろ？　誰が行くかよ』

「そんなもったいないことはしない。使える人間は使う」

『そーかい。勝手にのたれ死ね』

「……女からも頼んでもらうか」

近づいてきた男にマイクを突き出され、深月は息をのんだが、すぐに必死の声で呼びかけた。

「犯人は五人ですっ！　一人が銃をっ……」

横から殴りつけられ、無線機を取りあげられた。

男の通話が再開される。

「武村だな？　名簿で見たぞ。こいつと一緒に役所に来てるな。あんまりひどいところは見たくないんじゃないか？」

雄介は沈黙している。

しばらくして、返答があった。

『……だから？』

男は不思議そうに、無線機のマイクを見つめた。

そのとまどったような雰囲気が、なぜかいっそう危険に見えた。

「なあ」

男は友人に呼びかけるような声音で言った。

「勘違いされると困るんだが、べつに人間を殺すのが好きなわけじゃないんだ。ゾンビだっていっぱい殺したさ。仲間を守るためにな。プラマイゼロで、まだ人間に貢献しているほうだと思う……だから……仲良くしよう……おまえはゾンビをバラしたことがあるか？」

『………』

「あいつら不思議だよな。弱点を探ろうと思ってやったが、なんで動いてるのか最後までわからなかった。アジの開きみたいになっても、まだ内臓がピクピクしてるんだ。気持ち悪かったなぁ……」

すみにいた仲間の女が、頭を抱えてうずくまった。子供のように震えている。

他の二人の男も、気味悪そうに男を見つめていた。

「人間のことも調べてみたよ。血液が大事なんだ。ナイフで刻んでも、出血を止めておけばなかなか死なない。わかるか？」

『………』

「五、六時間は生きてられるぞ。コツはつかんでる。別にこっちは急いじゃいないんだ。それとも他の女のほうがいいか？」

無線機は沈黙している。

拘束されていた白谷が、恐怖に耐えかねたように嘔吐《おうと》した。内容物のほとんどないオレンジ色の胃液が、服から床に飛び散る。

男はそれをちらりと見たあと、言葉を続けた。

「おまえが言うことを聞くなら誰でもいい。大事にあつかってやる。選べ。早く」

『…………気持ち悪いんだよ、おまえ……』

「そうか」

銃声が響いた。

◆◆◆◆

『一人減ったぞ。よく考えろ。五分やる』

「…………」

無線はとぎれた。

ボートの操舵室で、雄介は無線機を持った手を下げ、ぼんやりとそれを見つめた。

工藤が、硬い声で言った。

「なんで見殺しにした？」

「…………」

返答の気配を見せない雄介に、工藤が襟首をつかんだ。

「なんであんなこと言った！」

社長が割りこむ。

「待て！　下手に出たって、人質が解放されるとはかぎらん。殺される危険もあるんだ。強要するな！」

「……なら俺が船に残る。こいつを操縦できればいいんだろ」

工藤のその言葉に、社長は命の天秤を計るように、じっと沈黙した。苦悩の表情だった。

やがて、

「わかった。ひとまず山まで連れていこう。人質の命が最優先だ。あとは……なんとかするしかない」

(は)

雄介の内心で、バカにしたような声がもれた。

それまでの会話を無視して、ポケットからキーチェーンを取り出し、社長に投げ渡す。反射的に上がった社長の手のひらに、キーがおさまった。

社長が怪訝な顔をする。

「……これは？」

「地下のダンプの鍵だ。運転席の後ろにガンケースがある。拳銃三つと弾が入ってる。そっちのライフルも合わせればやれるだろ」

雄介は無線機を口に寄せてスイッチを入れた。

「今から船にガソリンを補給する。地下に取りにいって往復で三十分はかかる。急げっつっても無理だからな」

『――』

「うるせー黙れ」

無線機がふたたび沈黙する。

雄介は物思いにふけるように、その場にたたずんでいる。

社長が口を開く。

「人質がいるぞ」

「……見逃すんならそれでもいいけどな。今船もってかれたら終わりだろ。人質ったってどうせ、……どっちでもいいか。もう勝手にやってくれ」

捨て鉢に言う雄介に、工藤がとまどう。

「……なんだよ、勝手にって」

「うんざりなんだよどいつもこいつも。好きなだけ人間同士で殺しあってろ」

「何言ってんだおまえ。どうしたんだ？」

「知るか……」

吐き捨て、背を向けた。

胃の腑にわだかまる嫌悪感に耐えながら、船着場の階段をのぼり、道路に出る。

周囲のビル街は静まりかえっていた。

物音ひとつしない。

だが……

(いるな……)

今は市役所の防備も崩れている。

知性体が仕掛けてくるなら、絶好の機会だろう。

人間たちの争いに介入する気は完全に失せていたが、このままゾンビに市役所を渡す気にもなれなかった。知性体のことを知っているのは自分だけだ。

雄介はライフルのスリングを抱え直して、足早に市役所へと歩きだした。

第五話　勇気

監禁部屋から死体がかたづけられるあいだも、残った血や肉を女がバケツと雑巾で掃除するあいだも、他の人質の女たちは一言も喋らなかった。

舞台に間違って上げられた観客のような気分なのだ。この状況に実感が持てない。すぐそばで人が殺されてさえ。

深月はうつむいたまま、唇を噛《か》みしめた。

（私は……何かできたのに……）

抵抗すればすぐ殺されただろうとわかってはいたが、それでも葛藤は強かった。

となりに座る牧浦は、ぼんやりと人形のような瞳で、視線を落としている。

虚脱状態に見えた。

男たちが無線で話していたことが事実だとすると、リーダー格の大半が殺されてしまったらしい。

牧浦とは長い付き合いもあったはずだ。衝撃も大きいのだろう。

それとも、雄介との無線で、牧浦のことが一顧《いっこ》だにされなかったことに、ショックを受けているのだろうか。

（違うんです……）

あそこで名前を出せば、雄介に対するカードとして、いいように使われていた。雄介は牧浦をかばったのだ、と深月は思った。

自分とは違う。

（………）

おそらく雄介は、自分に期待などしていない。

自分でも、何かができるとは思えない。

しかし、武器を与えられていながら、状況に流されるまま何もしなかった人間となるのは、そういった目で見られるのは怖かった。

（……でも、できるの……私に？）

もし武器を取り上げられていれば、深月もこんな葛藤に苦しむことはなかった。

無力に怯える人質のままでいられたのに。

今は動いてもどうにもならない。

しかし、これからもし機会を得たとして、本当に勇気を出して行動できるのか。

自分の正体を突きつけられる、その瞬間が恐ろしかった。

◇　◇　◇　◇

しばらくして、再び無線が入った。

スーツの男が小声でやりとりしている。船の準備が終わったようだ。

しかし、男は動く様子もなく、椅子に背を預け、窓の方をながめたままでいる。

仲間の男が、じれたように言った。

「行かないのか？」

「しばらく待たせる。出発は明け方だ」

「なんでだ？　早く行こうぜ。いつまでここにいるんだ？」

イライラしたような声音。

スーツの男は無表情のまま答えた。

「待ち伏せがあるとしたら船に移るときだ。移動中がいちばん無防備になる。しばらくじらして疲れさせる。適当に移動の気配だけ見せておけ」

「……そうか。いや、ならいいけど。人質もいるのに待ち伏せか？」

「念のためだ。しばらく休んでいていい」

男はしぶしぶうなずいた。

そのまま、しばらく時間が流れた。

時計もないため、どれだけたったのかもわからない。

たまに入る無線に、スーツの男が、一言、二言、答えるだけだ。

手持ちぶさたになった二人の男のうち、背の高い方が、ずっと人質の女たちの前を行き来していた。やがてスーツの男に向き直り、

「ちょっと遊んでていいか？」

「………」

スーツの男の視線が、部屋のすみを向く。そちらには、じっと三角座りでうつむいている仲間の女の姿があった。

男は弁解するように、

「あいつにも飽きたからさ、いいだろ?」

スーツの男は興味なさげにため息をついた。それを承諾と受け取ったようで、男は牧浦の前で立ち止まった。

深月のすぐとなりだ。

品定めするような視線が注がれている。

「へへ」

「……どうして」

牧浦の唇から、虚《うつ》ろな声がもれる。

「どうしてこんなことを……なんで……」

男は意外そうな表情で言った。

「ああ……そうか。先生にはわからないか。俺らの気持ちなんて。さんざん厄介者あつかいしやがって……。そっちは上で好き勝手してたんだろ? でもな、最後は平等だ。みんな死ぬんだよ! それまで俺らも好き勝手やるだけだ」

「わ、私は……ちがいます……みなさんのために……」

「うるせえ」

牧浦が引きずり出され、押し倒された。

男が上からのしかかる。牧浦は顔をそむけ、ぐったりと体を横たえている。ロングスカートがまくり上げられる。

もう一人の男もうす笑いを浮かべながら、肩を押さえにかかっていた。

すぐとなりで行われるその蛮行に、深月はうつむいたままでいた。痛いほど高鳴る心臓を必死で抑える。緊張に吐き気がした。

牧浦が犯されようとしている。

動くとしたら今しかなかった。

しかし、部屋には男が三人いて、ショットガンもまだスーツの男の手にある。

助ければ自分が死ぬ。

牧浦の、懇願《こんがん》するようなか細い悲鳴が聞こえた。

言葉が口をついて出た。

「あ、の……」

「…………」

男たちが無言で視線を向けてくる。

水を差され、どちらも剣呑な雰囲気だった。

深月は必死で、続く言葉を考えた。

「……と、トイレに……行かせてください」

男が顔をしかめる。

「ああ？　そこでしろ。もう漏らしてる奴もいるだろ」

「お、お腹が痛くて……」

「………」

男たちは顔を見合わせる。

背の低い方が、深月の顔をジロジロと舐《な》めまわすようにながめた。

そして、ニヤッと笑った。

「こいつ、この女をかばおうとしたんだ。可愛いじゃないか」

「………」

深月はうつむいたまま答えない。

「……俺、こいつにする。気に入った。顔も全然負けてないぞ。トイレか？　つれてってやる。そっちでやっててくれ」

背の低い方が立ち上がり、深月を連れ出そうとした。足の拘束が引っかかって転びそうになる。

「おい」

スーツの男が口をはさんだ。

「二人で行け。ちゃんと見張れ」

「……わかったよ」

背の高い方も、しぶしぶ身を起こす。

牧浦から離れ、深月を両側から抱えるように持つ。

「いいだろ、行こうぜ。あいつ、どこでキレるかわからないからな……」

ぼそぼそとしたつぶやきをあとに、男たちは部屋を離れた。

◇　◇　◇　◇

扉が閉まる。両手は後ろで縛られたままだ。

二人組のうち一人が外に残り、背の低い方が深月と同じ個室に入った。突き飛ばされるように座らされる。

当然のように、男子トイレに連れこまれた。

「順番だからな」

（…………）

腰かけた深月の両足は、男の前に無防備に差し出されている。タイツをはいてはいるが、その上にはスカートのうすい布地しかない。

隙間に男の視線がからみつく。

「へ……へへ」

男の手が、膝《ひざ》をなでまわすように触れた。

タイツ越しでも、総毛立つような感触だった。

「手伝ってやる。自分じゃ脱げないよな」

「…………」

深月が無言でいると、男はなかば弁解するような口調で言った。

「あのな、イヤだとか思うなよ。部屋のあいつに比べれば、俺なんて優しいんだからな。あいつは完全にいかれてる。殺すのが好きなんだ。殺人鬼だぜ……まともじゃない」

男は空恐ろしそうに、スーツの男のことを語った。元は気が弱いのかもしれない。一人になると虚勢が目立った。

深月は視線を下げたまま、小声で言った。

「……仲間じゃないんですか？」

その反応に気を良くしたのか、男は続けた。

「俺たち二人は誘われただけだ。あいつには正直ついていけねえけど……いろいろうまい目もある。だから、な。俺の言うこと聞けば、ちゃんと守って、いい目を見させてやるから。な？」

脅しながらも媚《こび》を売るような声音だったが、深月は黙っていた。

男の手が、足をのぼる。

スカートのひだを押し上げながら、下着に近づこうとする。

その虫の這いずるような感触に耐えながら、深月はゆっくりと息を吐き出した。

背中の結束バンドを一気に断ち切り、にぎりしめていたナイフを左手に持ち替える。

男は深月の太ももに夢中で、気づいてもいない。

「……っ！」

そのこめかみに、振りかぶった柄の先端を叩きつけた。

「ぉっ……」

にぶい声がもれた。男は壁に叩きつけられ、床にずるずると滑り落ちる。

「あ……？　え……？」

男は何が起こったのかもわからないまま、痛打を受けたこめかみを押さえてうずくまっている。

「はぁっ、はぁっ……」

急激な動きに跳ねる心臓を押さえながら、深月は立ち上がった。足の拘束も断ち、男を見下ろす。

動けないよう、どこか手足を傷つけておくべきかと考えて、

（うぐ……）

その思考の異質さにめまいがした。

手には、ひしゃげる肉の嫌な感触がまだ残っている。

外から声がかかった。

「おい、どした？　開けるぞ」

鍵はかかっていない。

トイレのドアがゆっくりと開かれる。

思考の前に体が動いた。壁に下がり、服のすそから背中に手を差しこむ。ホルスターの留め金を

外して銃把《じゅうは》をにぎりしめ、引き抜いて前方に向ける。

「なん……」

自分の胸にまっすぐ向けられている拳銃を見て、男が絶句した。

黒光りする鋭角的なフォルムを持つ、オートマチックの拳銃だ。

「だ……よ……」

深月が安全装置を指ではじいて解除すると、男があとずさった。

そのまま押し出すように、個室の外まで出る。

背後が気になった。

早くしないと挟まれてしまう。

(早く……何を……)

目の前の男の無力化。

殺害。

ふいに力が抜け、拳銃をにぎる腕が下がった。狙いがそれ、慌てて構えなおす。

それを見て、こちらがただの若い女であることを思い出したのか、男が引きつった笑みで言った。

両腕が震えていた。

「……わ、わかった。逃がしてやるから……だから、それはこっちに渡せ……な？」

男の手が、こちらの様子をうかがいながら、そろそろと近づいてくる。

深月は無言のまま、心の中を荒れ狂う嵐に耐えた。

発砲。

「ゴッ……」

左足を撃ち抜かれた男が、絶叫をあげた。

この距離なら外しようがなかった。太ももの怪我は失血死の可能性があったが——それよりも、今の発砲音が気になった。中を反響して廊下にももれている。残りの二人に気づかれてしまう。

いや、もう気づかれている。

床でのたうちまわる、男の悲鳴が気にさわった。黙らせたいと一瞬考えて、男がこちらから逃げようと奥に這いずっているのに気づく。ごく自然にとどめのことを考えていた自分に戦慄《せんりつ》し、そんな心の動きが自分にあったことに驚く。

深月は男を無視し、トイレの出入り口へ向かった。他の人質に危害がおよぶ前に動かなければならない。

あふれ出る涙をぬぐい、深月は拳銃をにぎりしめた。

(力を貸してください……!)

見捨てられたと思ったが、そうではなかったのかもしれない。

手の中のそれがひどく重く感じられた。

◆　◆　◆　◆

西庁舎の方角から銃声が響き、渡り廊下を監視していた調達班の人間たちは緊張を覚えた。

一人が無線で別働隊に問い合わせる。

「突入したのか⁉　相手の移動を待つんじゃないのか⁉」

『こっちじゃない！　中から聞こえた！　二階だ！』

その返答に緊張が高まる。

調達班は攻撃のタイミングをはかっているところだった。

人質の犠牲を最小限にするために、短期決戦を狙っていたが、犯人グループの正確な位置がわからずに攻めあぐねていた。

『まだ動くな！　最悪ボートは渡す。うかつな行動はとるなよ！』

社長の声。

攻撃する隙がまったくなければ、犯人グループの要求通り、彼らを山に移動させることになっていた。調達班も銃撃戦に慣れているわけではない。人質に犠牲が出ることを恐れていた。

『……何？　待て』

無線機が沈黙する。

しばらくして、

『部屋がわかった！　合図を待て！　突入する！』

荒々しい声が響いた。

◆　◆　◆　◆

西庁舎の廊下はうす暗かった。

深月は拳銃を構えて、廊下を進む。

後方からは、深月に撃たれた男の悲鳴がとぎれとぎれに聞こえてくる。

監禁部屋まで近づくと、扉の前の廊下に、人質の女がへたりこんでいるのが見えた。

（……？）

不審に思うと同時に、扉から銃口がこちらに突き出された。

ドン、という発砲音。

かろうじて柱のかげに隠れたが、衝撃の余波が体を叩いた。壁がえぐれて破片が飛び散る。

撃ち返すことはできない。人質に当たる。

拳銃で狙える距離でもない。

（……くぅ……）

スーツの男がこちらに半身を見せた。

人質の頭に、ショットガンの銃口を突きつけている。

平坦な声が響いた。

「武器を捨てろ。人質を殺されたいか」

銃口が人質のこめかみをえぐるように動く。女はか細く悲鳴をあげて震えている。

深月が動けないでいると、男は銃口をわずかにずらした。

「……腕から飛ばすか」

「やめて！」

深月の発したその声で、初めてこちらの正体に気づいたようだ。

「……ほぉ、さっきの女か。あいつらはどうした？　その拳銃は？」

「……」

深月は唇を噛みしめる。

手詰まりに陥ったそのとき、奥から複数の怒声があがった。本庁舎とをつなぐ渡り廊下の方だ。

そちらに気を取られた瞬間、監禁部屋の中から、窓ガラスの割れる音が響いた。

「!?」

スーツの男が部屋の中を振り向く。ショットガンをそちらに向けようとして、それより早く、中から火線が走った。

男の体が、たたらを踏むようによろめいた。

ライフルを腰だめに構えた人影が、部屋から飛び出してきた。銃のストックで男の顔を殴りつけ、ひるんだところに肩を入れて壁に叩きつける。胸からメキリとにぶい音がし、うめき声があがった。

飛び出してきたのは、調達班の佐々木だった。

男が床に崩れて動かなくなると、佐々木は素早くその手足を拘束し、転がったショットガンを拾い上げた。銃身のポンプを前後させて残弾を排出する。

深月を見て一瞬身構えるが、すぐに正体を悟って視線を外した。廊下にうずくまっていた人質を乱暴に部屋に引きずりこみ、手振りで深月にも下がるように指示し、そのまま渡り廊下の方へ走っていく。

「……あ」

我に返ると、深月は急いで部屋の中に入った。人質の拘束を解かなければならない。

そこでナイフが手元にないことに気づいた。何か道具をと見渡したところで、部屋のすみのその人影に目がとまった。

犯人の仲間だった女だ。

抵抗の意思も見せず、ただうつむいて座っている。

そばに、スーツの男の使っていたスポーツバッグがある。

「…………」

無言で近づいてかがみこみ、中を探る。雑多な道具の中から、小さなサバイバルナイフを見つけた。

「……助けてよ……」

哀れっぽい懇願の声。

記憶の中で何かにつながりそうになるが、深月はそれを無視した。

◆　◆　◆　◆

「降参！　こーさーん！」

バリケードを銃弾で穴だらけにされ、渡り廊下と西庁舎の二方向から追いつめられた少年は、両手をあげて外に出てきた。

調達班の攻撃の手が止まり、とまどったような空気が流れる。

「あっりえねーわ。なんだよその銃の数。ズルいだろ！」

戦闘直後だというのに、はずんだような声音で話しかけてくる。

「なんのつもりだ？」

相対していた者たちの敵意と苛立ちは強かった。

少年の弓で、調達班にも負傷者が出ているのだ。矢を防ぐために盾代わりにした板をあっさり貫通された。後ろに引きずられていったが、今も痛みに呻《うめ》いている。

「いや、もう抵抗しないって。命だけは助けてくれよ！」

調達班の一人が目配せをする。

「拘束を……？」

「近づくな。あれで何人も殺してる」

少年がバカにするように言った。

「無抵抗の人間を撃つ気か？　やめとけ。寝覚めよくないぞ」

「こいつ……！」

拳銃を向けた仲間を佐々木が押さえ、少年を見て言った。

「その場でうつぶせになれ。両手を背中で組め」

「………」

少年は動こうとしない。

佐々木はライフルを構える。

「三つ数える。従わなければ撃つ」

「わかった！　わかったよ」

少年はゆっくりと膝を曲げる。

そのまま床に手をつこうとする寸前、体ごと跳ね飛ぶように動いた。

間髪入れず、ライフルの銃声が響く。

服の下から引き抜いたナイフで襲いかかろうとしていた少年は、宙で撃ち抜かれて廊下に叩きつけられた。

「…………」

身動きひとつしない。

佐々木が銃口を向けながら近づき、足で仰向《あおむ》けにする。

少年は口から血を流し、虚ろな視線を虚空に向けていた。胸は血まみれになっている。即死だった。

　佐々木は首を振り、身振りで移動をうながした。

◆◆◆◆

　深月は部屋の人質を解放したあと、牧浦を肩で支えて、本庁舎の方へ向かっていた。

　そこで、渡り廊下に残っていた調達班とぶつかった。

「先生、ご無事でしたか！」

　通りがかった牧浦に、視線が集まる。

　佐々木が、負傷した仲間に応急処置をしようとかがみこんでいるところだった。牧浦は怯えたように身をすくませたが、かすかにうなずき、負傷者のそばに膝をつく。

　その場に社長からの無線が入った。

『残りの男も押さえた。これで全部か!?』

　別働隊として一階からも侵入していたらしい。

「おそらくは。人質も無事です」

　佐々木が答えると、張りつめていた空気がすこしだけ和らいだ。

（……）

　手が空いた深月は、なんとはなしに月明かりの方に視線を向けた。ストレスと疲労で全身が気だるかったが、頭は妙に冴えわたっている。興奮が抜けていない。

渡り廊下の窓からは、地上の様子が見えた。

「えっ……？」

西庁舎の地上の角に、逃がしたはずの弟たちの姿を見つけて、深月は驚いた。

「なんであんなところに……」

逃げなかったのだ。深月たちのいる部屋を、調達班に知らせていたのだろう。だから奇襲ができた。

（あの子たち……）

迎えに行こうとして、弟たちの後ろを人影が追っていることに気づき、深月は凍りついた。

それは、足を引きずって歩いていた。

さらにもう一人、人影が増えた。ぎこちない動きながら、徐々に速度を上げている。

ゾンビだ。

その正体に気づき、深月は窓にすがりついて叫んだ。

「……！　誰か、下にっ！」

次の瞬間、タタタッという銃撃音が響いた。人影が足をもつれさせて倒れる。

本庁舎の扉のかげから、雄介が銃撃していた。

近くのゾンビを掃射したあとは、すぐに物陰に引っこむ。弟たちも慌ててそちらに走り、建物の中に姿を消した。

混乱する思考のまま、深月は周囲を見まわした。
佐々木の腰の無線機が鳴った。社長の怒声が流れ出る。
『みんな外に出るな！　ゾンビだ！　何か変だぞ！』
市役所のまわりから、何体ものゾンビが姿を現していた。

第六話　感染

市役所のまわりに、複数のゾンビが近づいていた。

ざっと見ただけでも十匹は超えている。

橋の見張りからの警告はなかった。騒ぎで持ち場を離れたか、ゾンビに気づかず喰われたかだろう。

子供らが後ろを追ってきているのを確認して、雄介は歩みを速めた。

突然、右側から窓ガラスの割れる音がした。

市民向けのカウンターの向こうに、職員のデスクがならんでいる。その奥の窓に、人影が見えた。

「そっちにいろ」

雄介の言葉に、二人ともカウンターのかげに隠れる。

トリガーに指をかけ、カウンターをまわりこんだ。

人影は乱暴にガラスを砕き、鍵を外し、横にスライドして窓を開けようとしている。

その動きで察しはついたが、雄介はさらに近づいてライフルを構えた。ストックを肩につけて照準を合わせる。

「おい」

床に下り立った人影に声をかける。

初老の男だ。血で汚れたベストを羽織っている。こちらに反応して顔を上げた。

胴体に三発。銃弾を撃ちこんだ。

よろけて倒れたそれに素早く近づき、頭に銃口を向ける。床に手をついて立ち上がろうとしているところに、さらに三発。

男は脳漿《のうしょう》とドス黒い血液を垂れ流し、動かなくなった。

知性体だ。

庁舎の反対側でも一人、始末している。

どちらも他のゾンビの襲撃に乗じて、ひとけの少ないところから侵入しようとしていた。狡猾《こうかつ》な動きだった。

雄介はそれらを狙って排除していた。

ただのゾンビなら雄介の脅威にはならない。まず知性体を減らすつもりだった。

(銃さえありゃいけるな……あとは弾の問題か)

ライフルの弾倉を換えて、ボルトを引く。腰には予備があとひとつしかない。いかにも心もとなかった。髑髏《どくろ》男などの危険な連中はまだ姿を見せていないのだ。

普通のゾンビも集まってきている。血の臭《にお》いにひかれてやってきたのかもしれないが、それだけではないように思えた。

(なんかやりやがったな……)

得体の知れない感触があった。

弾が切れたあとはどうするべきかも決めかねていた。知性体との接近戦はリスクが大きすぎる。敗色濃厚になる前に引くべきだが、どこまで介入を続けるのか。

警戒を続けながら、雄介は二人を連れて、階段に急いだ。

◇　◇　◇　◇

二階は大混乱に陥っていた。

リーダーたちが殺され、西庁舎に襲撃犯が立てこもった中で、さらにはゾンビだ。

中央ホールの警備班の詰め所には、状況の説明を求める人だかりができていた。

(ヤバい)

怯えて逃げようとしている人間ばかりで、パニックが起きる寸前だ。

残っていた警備班も機能していない。ゾンビの襲撃にそなえた計画はあったはずだが、まとめられる人間がいないことで士気が崩壊しかけている。

そのとき、館内放送のスイッチが入った。

『人質は取り戻した！』

社長の野太い声が響く。

『西庁舎は制圧した。牧浦先生も無事だ！』

その言葉にあたりが一瞬静まり返り、ざわめきが起きた。

放送は続いた。

『まだ緊急事態は続いている。これから指示を出す。落ちついて行動してほしい』

すぐに社長の指揮が始まった。

個別に名前を呼びながら、配置の指示を出している。名簿でも手元に置いているのかもしれない。

混乱状態では、名指しの命令のほうが強いと判断したのだろう。

まず階段を封鎖し、上の安全を確保したあと、避難民を一ヵ所に集めて防衛する、そんな計画のようだ。

とりあえず、子供らをどうにかしなければならない。

深月を探しに行こうとして、雄介はふいに足を止めた。

後ろを見る。

二人とも緊張した表情で、周囲をうかがっている。

（…………）

結局はこいつらも死ぬのかもしれない、とふと思った。

何か、唐突に歯車が外れたような、熱中していたゲームからふいに醒《さ》めたような、そんな感覚があった。

市役所のコミュニティは大打撃を受けた。ここからは敗戦処理のようなものだ。全滅もありえるだろう。

安定した集団を維持するという雄介のプランは完全に崩れている。それも同じ人間の手によって。

（クソ野郎）

あの無線の男と話したときに感じた、正体不明の嫌悪感。

腹の底に、ねっとりとヘドロのようにたまる重苦しさ。

大学キャンパスのビデオや、スーパーでの夜のこと。人間の殺し殺される光景が、いくつも浮かんでは消えた。

ひどい徒労感を覚えた。

（………）

そのとき、隆司が走り出した。

「おねえちゃん！」

見れば、遠くに人影が見えた。暗くてわからないが、肉親ならではの直感で察したのだろう。

女の子もあとに続こうとしたが、何を思ったのか急ブレーキをかけ、こちらに顔を向けた。

じっと無言で見上げてくる。

「……なんだよ」

女の子は答えない。

「行けよ。あいつらから離れるな」

その言葉に、女の子はようやく走り出した。

雄介はしばらくその姿を見送っていたが、遠くで三人が合流するのを見て、きびすを返した。

（……減らせるだけ減らすか……）

たしかに、知性体を始末できる好機ではある。

まわりにおどりがたくさんいるのだ。

周囲に混乱は残っていたが、各自の動きには方向性が生まれていた。

警備班の数人が得物を持って、雄介と同じように階段に集まってくる。

雄介の持つ銃剣付きのライフルを見て、

「一階の入り口をまだ仲間が守ってる！　封鎖の前に迎えに！」

雄介はかるくうなずく。

男たちにまじって下におりようとしたところで、足元の赤黒い線に気づいた。

中央ホールから階段に、血の跡が伸びている。

「……？」

そこで、その違和感に気づいた。騒乱で死人が出ていたはずだが、ホールに死体の姿はない。血溜まりだけが残されている。

「ここは誰かがかたづけたのか？」

「い、いや……」

その死体を引きずったような跡は、階段の下へと続いていた。

◇　◇　◇　◇

一階に下りたところからは、広いロビーと、庁舎の入り口が見渡せた。

玄関の自動ドアは開きっぱなしだ。

外に、遮蔽物代わりの乗用車が横付けされている。そのボンネットの上に、人影が立っていた。

遠くて判然としないが、周囲にゾンビが群がっているのは見えた。

襲われているのかとも思ったが、どうも様子が違った。

「ドア閉めろ」

緊張にとがった雄介の声に、周囲が慌ただしく動く。防火扉が強い力で引き出され、ゆっくりとフロアと階段をふさぐ。

ライフルが目に見える武力になっているらしく、まわりの人間も雄介の言葉におとなしく従っていた。

「様子を見てくる」

ライフルを構え、扉の隙間から一人でフロアに出る。

足音を殺して近づくにつれ、様子がはっきりと見えてきた。

車の上に立つ男は、服装からするとまだ若く、青年のように見えた。

最初は、何をしているのかわからなかった。

足元に引きずる袋状のネットから、肉片のような物をまわりに放り投げている。

そこに手を伸ばして群がるゾンビたち。

遠い道路の方にも、乱暴に放り投げていた。近づくゾンビの姿が増えている。

撒き餌《まきえ》だった。

知性体の手による、ゾンビの誘引。

周囲に、生きた人間の姿はない。

目が暗がりに慣れてくると、フロアのかげに、マグロのように横たわるいくつかの死体が見えた。人の形を留めていないものもある。

(……これか……)

おそらく最初は、騒ぎで浮足立っていた外周の見張りが狙われたのだろう。人間の死体を餌にゾンビを呼びこみ、市役所を襲わせているのだ。放っておけばどんどん増えていく。

(ヤバいな……)

知性体は狡猾だとわかってはいたが。

確実にこちらを全滅させるつもりなのだ。

ここで仕留めておかなければならない。

雄介は柱のかげからフロアに腹這いになり、伏射の姿勢でライフルを構えた。

知性体の青年は、まだこちらに気づいていない。

照準を後頭部に合わせ、息を止めてトリガーに触れる。

ゆっくりとしぼりこんだ。

突然、殺意に反応したかのように青年が振り向いた。

「っ!」

発砲は外れた。

青年はネットをこちらに放り投げ、ボンネットから飛び降りた。床に人体のかけらがバラバラに転がる。それを追って、ゾンビたちが車を乗りこえてくる。

ゾンビの群れの無秩序な動きが、速度を増していく。フロアの死体に気づいたのか、人影がバラけ始める。

この暗がりの中では、あの知性体がまじって近づいてきても、すぐには気づけそうにない。

（くそ……！）

階段まで撤退するしかなかった。

◇◇◇◇

ゾンビたちは、すぐに防火扉に殺到してきた。

扉はケースハンドルで鍵を閉められるようになっていたが、階段側に開くようになっていたのが災いした。殺到するゾンビの重みで、内側に軋《きし》みをあげながら開く。

「下がれっ！」

体をねじこむように侵入してきたゾンビが転げ、そのゾンビを踏みつけて、次のゾンビが現れる。

たがいに体をぶつけながら、物欲しげに腕を伸ばしてくる。

階段を這い上がるように進んでくる、ゾンビの群れ。

隙を狙って銃剣を突き出すが、暗がりでまともに狙えず、鎖骨をえぐっただけだった。ゾンビの勢いは止まらない。

周囲の怯えが伝わった。

群れにのみこまれそうになっている。

(クソがっ!)

諦めて数段上がり、雄介はライフルを下に向けてフルオートで掃射した。マズルフラッシュの閃光がはじける。連続的な発砲音が反響し、耳が痺れたようになる。火薬の臭いが鼻につく。

ひざを砕かれて転げ落ちるゾンビや、頭を撃ち抜かれて動かなくなるゾンビ。

死者たちの血肉が飛び散る。

ゾンビたちの勢いが一瞬止まった。

それに勇気づけられたのか、上から槍衾《やりぶすま》が一斉に突き出された。男たちの怒声とともに、立ち上がろうとしていたゾンビたちの腹や胸に、鉄パイプが突き刺さる。階段を転げ落ちていく。

それを横目に、雄介は踊り場に上がった。

「弾を換える! しばらく持たせろ!」

「おう!」

腰から予備弾倉を取り出しながら、

(もったいねえ……!)

トリガーを引きっぱなしにしたせいで、数秒で弾倉は空になっていた。貴重な予備を使うはめになってしまった。

だが、まだ階段を明け渡すわけにはいかない。避難が終わっていない階にゾンビが乱入すれば、ひどいことになるだろう。

誰かが叫ぶ。

「もっと人手呼んでこい！　正面階段にまわせ！」

雄介は歯噛みする。ゾンビ相手には無敵のつもりだったが、この混戦では勢いを止められない。野生動物の暴走を、槍一本で止めようとするようなものだ。

弾倉を入れ換え、前に戻ろうとしたところで、ふいに、不自然なほどの静寂が走った。

視線を向けると、槍を突き出していた男たちの動きが止まっている。

かすれたつぶやき声が聞こえた。

「……あいつ……？」

下から現れた新しい人影に、周囲の視線が集まっていた。

警備班の腕章をつけている。

ゾンビ化した、かつての仲間だった。

人間としての表情は抜け落ち、他のゾンビと同じように、ふらふらとこちらに近づいてくる。

命がけの戦闘の、狂騒じみた空気が、水をかけられたように冷えるのを感じた。

化け物ではなく、死そのものが形をとって現れたような、そんな光景だった。

（ヤバいっ）

「う、うわあああああぁぁぁぁっ！」

一人から恐怖の悲鳴があがった。槍を捨てて上に逃げていく。

他の人間は持ちこたえたが、顔は蒼白だ。突つけば崩れそうになっている。

雄介はライフルを肩付けし、元凶を狙った。雄介にとってはただのゾンビでしかない。

そのとき、視界のすみを影が動いた。

あまりにも自然な動きで、誰も反応できなかった。

槍衾を作っていた男の一人が、声をもらす。

「あ……？」

男の腹に、ナイフが突き刺さっていた。

槍の下に何かがいる。

それは、階段に張りついた蜘蛛のような姿をしていた。

ナイフを持つ右腕だけを上に伸ばし、ぬるりと笑みを浮かべる。

知性体のあの青年だった。

四つんばいのまま階段を這い上がってきて、男を刺したのだ。

ぞわりと鳥肌が立った。

「どけっ！」

ライフルで狙うが、青年はナイフもそのままに、男の手をつかんで階下に引きずりこんだ。男は姿勢を崩して転げ落ちていく。

まわりのゾンビがそこに殺到し、すぐに見えなくなった。

「ひっ……」

また一人逃げた。

（あいつだけでも……！）

銃口の先に青年をとらえようとするが、ただでさえ暗がりだ。ゾンビの群れに隠れて見えなくなる。

せまるゾンビを突き落とし、大雑把な照準で撃ちながら、前面に出て敵の姿を探した。

踏みとどまるその姿に、他の仲間からも援護が入る。

上から大声が響いた。

「加勢するぞっ！　立て直せ！」

聞いた声だった。

調達班が来たらしい。

それに気を取られて、手すりの外から伸びる腕に気づかなかった。

左腕をつかまれていた。

階段から引きずり落とされる。

「武村っ⁉」

工藤の声が届くが、耳はそれを聞いていなかった。体を打ちつけた痛みも感じない。明かりの届かない階下で、うごめくゾンビにまわりをかこまれながら、雄介は知性体ともみあっていた。

(死ね死ね死ね死ね！)

その殺意がどちらのものだったのか、雄介にはわからなかった。脳内を不協和音のような言葉が駆けめぐる。不思議なほどに怯えはなかった。

振り下ろされる白刃のきらめきを手首ごとつかみ、ひざ蹴りを相手の腹に入れる。体は浮いたが手応えはほとんど感じられず、ナイフを押さえていた左手に激痛が走った。

(咬《か》まれた)

冷然とした意識でそう思った。

思考が冷えていく。

不協和音が遠ざかる。

知性体の、人間性をゆがめたような動きを見たせいで、頭に血がのぼっていた。

だが、結局はこいつもゾンビでしかない。

スリングで腕に引っかかっていたライフルをたぐりよせ、先端を相手の顔に叩きつけた。体がぶれたところで、勢いのままに体勢を入れ換え、馬乗りになる。

知性体はこちらの手に咬みついたまま、放そうとしない。

まるで獣だ。

雄介はトリガーを引いた。

暗がりの中で、青年の顔がはじけた。

◇　◇　◇　◇

調達班の援軍、特に佐々木が来たことで、正面階段は守りきることができた。

数の暴力にはかなわないが、周囲の援護があれば、佐々木の的確な攻撃がゾンビの数をどんどん減らしていく。銃剣を槍代わりに使い、射撃もあわせて、その活躍は際立っていた。

「生きてるとは思わなかったぜ……」

槍を抱えて壁に寄りかかりながら、工藤が笑った。拳銃の弾を撃ちきったあとは、工藤も前線で槍を持って戦っていた。

「ああ……」

雄介は憔悴《しょうすい》しきった状態で、壁際に座りこんでいた。

ゾンビが一階まで押し返されたあと、生きた雄介の姿が階下から現れると、驚きの声があがった。

幸いなことに、あの暗がりの混戦で、何が起きていたかは誰もわかっていなかった。ただ幸運だったのだと見られている。

知性体は、あの青年を最後に現れなかった。

髑髏男や、槍を持った少女など、特に危険な雰囲気のあった連中も姿を見せていない。

それが不思議だった。

一階にはまだゾンビの気配があるが、まばらにうろついているだけだ。休憩をはさみ、態勢を整えてから掃除することになった。

（一気に来ると思ったけどな……）

ぼんやりと物思いにふけっていると、全体の指揮をとっていた社長が現れた。現状把握に来たらしい。供を数人連れて、無線機で今も指示を続けている。

「二階に救護を下ろす。怪我人は見てもらえ！」

社長の声は硬い。

緊張があった。

（ああ……そうか）

ゾンビとの戦いなのだ。負傷者の管理を徹底しないと、内部にまた危険が生まれる。社長はそれを懸念しているのだ。

嫌な仕事だが、誰かがやらなければならない。

（俺も見られたらマズいな……）

左手には、知性体につけられた咬み傷がある。

雄介の特性を知らなければ、勘違いされるだろう。

ポケットに手を隠し、立ち上がった。包帯でも貰うつもりだった。

そこで、急に立ちくらみがした。

ふらつく体を壁で支える。

疲労が強い。

（……どっかで休むか……）

視線を巡らせ、そこで、社長の視線が自分に注がれているのに気づいた。

そばには何人かいて、その話を聞きながら、目だけはこちらを向いている。

雄介の様子に、不審を覚えているのだろう。あるいは、階下に落とされたことも聞いているのかもしれない。ゾンビに負傷させられた可能性が高い、と見ているのか。

ふいに、膝から力が抜け、慌てて手をつき、体を支えた。

（………）

手の傷が目の前にあった。

肉がえぐれ、じくじくと痛んでいる。

乾いた血が、甲から手首まで張りついている。

ゾンビに咬まれた傷。

（いや……）

心臓がゆっくりとペースを速める。

強いめまいに目を閉じる。

吐き気がした。

体調は加速度的に悪くなっている。

（……嘘だろ……）

考えたくはないことだったが。

もしも、社長の懸念が、正しいものであったとしたら。

体に起きている不調に、雄介は、先ほどの戦闘でも感じなかった恐怖を覚えた。

(平気なはずだ……ゾンビに咬まれても、俺には免疫が……)

そこで、自分の考えになんの保証もないことに気づく。

ゾンビ化の過程など誰にもわからないのだ。

ウイルスも免疫も、すべて仮定の話でしかない。

(……ただの思いこみだった？　それとも知性体に咬まれたらダメなのか……、……クソ、考えられねえ……)

めまいと悪寒がひどい。

熱が出ている。

あるいは以前のように、数日のあいだ昏倒するだけですむかもしれない。しかし、ゾンビの感染を警戒している今の状況で、そんなことになったら……

経過を見守るような、悠長なことをするだろうか。

意識を失った時点で処分される可能性もある。致死率百パーセントなのだ。あの社長は冷酷ではないが、必要なことはやる。あるいは慈悲として。

(ヤバいヤバいヤバい……)

壁にすがりながら、のろのろと歩みを進める。

中央ホールには、仮設の救護所ができていた。

見覚えのある姿が、遠目に見えた。

（深月……）

こちらに気づき、駆け寄ってくる。

何かを必死に話しかけているようだが、口の動きしか見えなかった。

耳がごうごうと鳴り、何も聞こえない。

「さわんな……」

体が床に崩れる。

意識はそこでとぎれた。

第七話　反転

意識を失い、倒れた雄介は、すぐに中央ホールの救護所に運ばれた。

断熱シートがしかれた場所で怪我人の治療をしていた牧浦だが、雄介が運ばれてくると、はじかれたように顔を上げた。その左手にある傷を見て、顔が蒼白になる。

手の甲に歯形がつき、肉がえぐれている。

何によるものかは明白だった。

ゾンビの咬み傷だ。

（……え……）

深月も怪我には気づいていたが、目の前で雄介が倒れたことによる動揺で、それどころではなかった。

あらためて傷をまのあたりにし、牧浦の表情の変化を前にして、深月の心にも恐怖が忍びよってくる。

雄介は血の気の失せた顔で、ぐったりと身を横たえていた。

他にもゾンビとの戦闘で怪我を負い、意識を失った人間が二人いたが、どちらも高熱を発し、昏倒していた。

いつかのニュースで見た言葉が、深月の頭の中を駆けめぐる。

新型狂犬病。

咬まれた人間は感染し、高熱の中で死亡する。

そしてまた動き出す。

「あ……先生、治療を……」

深月が震える声で言うと、牧浦はのろのろと手当てを始めた。

傷口を洗って消毒し、軟膏を塗ってガーゼを張り、包帯を巻きつけていく。輸液パックで点滴を入れ、抗菌薬も投与するが、できるのはそこまでだった。

牧浦は薬鞄の中を探るが、何を求めているのか、本人もわかっていないような雰囲気だった。

「先生！　こっちがまずい感じだ！」

近くで寝かされていた男の方で、声があがった。

雄介と同じ、ゾンビに手傷を負わされた人間だ。

こちらは足首を咬みつかれていた。床を這いずるゾンビに襲われたらしい。靴下は脱がされ、血で汚れたズボンのすそもまくり上げられている。

先ほどから続いていた男の震えが、今は止まっていた。

牧浦がそばにひざまずき、脈をはかる。

しばらくして、首を振った。

その仕草はうつむき、頼りなげだった。

「手足を縛れ。よそに移そう」

社長の言葉に、見守っていた人間たちが、苦渋に満ちた表情で作業を始める。

運んだ先で何が行われるのか、その場の全員に察しがついていたが、誰も、何も言わなかった。

（……なに……これ……）

雄介と自分の身に、だんだんと近づいてきている何か。

破局の気配。

ふいに騒ぎが起きた。

ホールに通じる通路の一角から、ふらふらとゾンビが現れたのだ。

周囲の人間が、慌てて武器を取った。

「どっから入ってきたんだ!?」

「いいから行くぞっ！」

佐々木がすぐに向かった。調達班とまわりの男がそれに続く。

幸い、ゾンビは一体だけだった。正面から他の人間が気をひいているあいだに、まわりこんだ佐々木が脚を突いて転倒させ、そのまま仕留めた。

倒れたゾンビは、すぐに運ばれていった。

戻ってきた男たちの一人が、緊張のままに聞いた。

「東階段からですか？　防衛に行ったほうが……」

「違う」

無線での通信を終えた社長が、かぶりを振って答えた。

「階段は無事だった。怪我人だ。ゾンビに咬まれでもしたんだ。手当てを受けたらバレると思って、どこかに隠れてたんだろう……」

その言葉に、沈黙が広がる。

「この階をチェックし直す。空いた手で点呼を取ろう。いない人間のことも、聞きこみでできるだけ追跡する」

社長の指示が飛び、階にいくつかの班が分かれた。

深月はずっと雄介のそばについていたが、容体が好転する気配もなく、じりじりとした時間が続いた。

牧浦からの指示も途切れている。

もうできることはないのだ。

しばらくして、救護所で昏睡状態にあったもう一人が息をひきとった。

今度の作業は素早かった。ロープで体を縛られ、中央ホールから運ばれていく。ゾンビに対する静かな恐怖が、ホールに蔓延していた。

残っているのは雄介だけだ。

そばにいる深月の目にも、どんどん体調が悪化しているのはわかった。顔は青白く生気がない。悪寒のような震えが走っている。

近くには、雄介と親しかった人間が集まっていた。

まるで何かを見届けるかのように。

「…………」

やがて、何かに気づいたように、牧浦が動きを止めた。

雄介の体を確かめた社長が、悔しそうに言った。

「ダメだ……。呼吸が止まった」

その言葉を、深月はどこか遠いところで聞いていた。

工藤がうなだれ、壁を蹴りつける。

「くそッ！　くそ……」

小野寺も、沈痛な面持ちで雄介の顔を見下ろしていた。調達班の中でも特に仲の良かった二人だ。

（……うそ……）

深月は雄介の体にすがりつき、はだけた服から胸に耳を当てた。雄介の体温はぞっとするほど冷たかったが、その奥に、かすかに動くものが感じられた。

心臓の鼓動。

深月は顔を上げた。

「まだ！　まだ大丈夫です！　もうすこし様子を！」

「…………」

社長が無言で、手を振った。

人の輪から、数人が重い足どりで歩み出る。雄介の体のそばにかがみ、手足を拘束していく。

深月は必死の表情で、牧浦に言った。

「先生、止めてください！　先生!?」

「あ……」

深月の声に、牧浦は顔を上げた。

救いを求めるように、まわりを見まわす。

周囲には、雄介と親しい者以外にも、何人もの人間が遠巻きに集まっていた。ゾンビに咬まれた犠牲者を見つめる、いくつもの視線。恐怖と同情、それに、自分でなくて良かったという安堵が交じったような、複雑な表情があった。

調達班の人間たちも、やるせなさそうに雄介を見つめている。何度も雄介といっしょに戦ってきた彼らでも、どうしようもないとわかっているのだ。

「……私、は……」

牧浦の言葉はとぎれた。

周囲から、いくつもの視線が突き刺さる。

みな言葉には出さずとも、断固とした行動を求めていた。

集団の安全のために。

指導者としての行動を。

「…………」

牧浦は何かを言おうとしたが、言葉にはできなかった。

やがて、諦めたように、力なくうなだれた。

その姿に、深月は衝撃を受けた。

（……そんな……そんな！）

味方はいない。

この場には、雄介を殺そうとする人間しかいない。

それを理解すると同時に、深月の思考が冷えた。

世界が裏返った。

「向こうでやろう。……動きだす前に。残念だが……」

社長の言葉。

横たわる雄介に、手をかけようとする人間たち。

深月は、腰の後ろから拳銃を引き抜くと、近くの窓に向けてトリガーを引いた。

パン、という発砲音。

ガラスの割れる破砕音。

ホールの空気を引き裂いたそれに、周囲が固まった。

全員が動きを止め、拳銃を構える深月を凝視している。

「離れて」

深月はまわりの人間を追い散らすように銃口を向けた。射線にいた者たちが慌てて下がっていく。

社長があとずさりながら怒鳴った。

「やめろ！　それを下ろせ！　もう手遅れなんだ！」

威圧感を含んだその言葉にも、深月は表情さえ変えなかった。拳銃を片手に持ち替えて、雄介の乗るシートをじりじりと引きずり、距離を取ろうとする。

工藤が追いすがるように言った。

「おいよせ！　俺だって気持ちはわかる、でもな……！」

「ッ！　誰がっ……！　離れなさいっ！　近づけば撃ちます！」

躊躇《ちゅうちょ》なく拳銃が向けられる。錯乱状態にある深月に、工藤も下がらざるをえなかった。

そこに別の声がかかる。

「深月!?　何してるんだ!?　狂ったのか!?」

人の輪から上がった驚愕の声は、深月の幼なじみ、敦史のものだった。

それに気づくと、深月は泣き笑いのように顔をゆがめた。

「狂った……？　みんな、どうやったらそんなに普通でいられるの……？　……近づかないでってば！」

隙をうかがうように一歩踏み出した男が、銃口を向けられ、慌てて跳びすさる。

社長がさらに言いつのった。

「仲間を危険にさらしてるんだぞ！　わかってるのか!?」

「…………」

深月は唇のはしを、かすかにゆがめた。

仲間。

その言葉が虚しく響いた。

彼らは雄介を切り捨てても、しばらく悲しみに暮れたあとで、また集団生活を続けていけるのだろう。

(私には無理だ……)

思考は凍てついているが、感情は奔流のように荒れ狂っている。

このボロボロの世界で、かろうじて深月に残されていたものを、彼らは奪い取ろうとしているのだ。

なら、それはもう仲間ではない。

騒ぎの物音を聞きつけて、上階から下りてきた避難民も集まってきた。

拳銃でまわりを威嚇する深月の姿に、遠巻きにざわついている。

その人ごみの中から、小さな影がふたつ飛び出してきた。

隆司と女の子だ。

詳しい事情はわかっていないだろうが、深月と雄介が市役所の人間にかこまれているのを見て、駆け寄ってきたのだ。何も聞かずに雄介のシートに取りつき、深月を助けるように引きずりはじめる。

その、なんの打算もない姿を見て、

(……ぅ)

初めて、深い悔恨が深月を襲った。

二人を巻きこんでしまった。
だが、もうあとには引けない。
深月は拳銃でまわりを牽制《けんせい》しながら、雄介を引きずって、近くの部屋に逃げこんだ。

◇　◇　◇

扉をふさいだあと、部屋の奥に雄介を横たえ、体を調べた。
(冷えてきてる……)
ひたいは熱いほどなのに、手足は冷たくなっている。
(何かかけるもの……シーツ……ないよ……)
ただの事務室だ。衣服になりそうなものもすべて回収されている。
部屋の外から、足音が近づいてきた。
深月は慌てて拳銃を取り、扉に向かった。
人数は一人だ。
緊張のまま待ち受けていた深月に向かって、声がかけられた。
『お嬢ちゃん。聞こえるか?』
社長の声だった。
「……なんですか」

深月の硬い返答に、社長の冷たい声が返った。

『あのな……、ちゃんとケジメはつけろよ。早けりゃすぐにでも動きだす。近くに子供もいるんだ』

「…………」

『どういう関係だったかは知らんが……。えらいことをしたな。俺でもかばえんぞ』

深月は答えなかった。

『じゃあな』

足音が遠ざかっていく。

(…………)

深月は深く息を吐き出し、拳銃を持つ腕をだらりと下げた。

雄介のもとに戻り、ぺたんと腰を下ろす。

けじめ。

(この銃で……?)

ぼんやりと手の中のそれを見つめていると、そばに人影が立った。

雄介を見下ろし、

「かまれたの……?」

かぼそい、可憐な声だった。

女の子が、雄介と深月を交互に見つめていた。

初めて聞いたその声に、深月は顔を上げるが、唇を噛《か》みしめてうつむいた。何も答えられなかった。

女の子はしばらく、横たわる雄介の姿を見つめていたが、やがて言った。

「……見ないほうがいいとおもう。……かわっちゃうから」

深月はとっさに反論しようとして、できなかった。

変わっちゃう、という言葉が、ぐちゃぐちゃになっていた深月の心に、ストンと落ちた。

（……ああ……そうか。もうダメなんだ……）

深月はしばらくうつむいていたが、顔を上げて言った。

「……うん。でも……、ごめんね」

「いいよ」

女の子はかすかな微笑みを見せた。深月の悲しみとやるせなさに共感するような、おとなびた表情だった。

近くで心配げに見守っていた隆司の手を取り、女の子は部屋の奥に探索に向かう。二人きりにしてくれたのかもしれない、と深月は思った。

雄介の体をすこしでも温めるため、上半身を後ろから抱きかかえた。下に膝《ひざ》を置き、腕で抱きしめる。

手足は縛られたままで、見るからに痛々しかったが、外すことはできなかった。

拳銃を持つ右手を近くにそえて、まわした左腕で、雄介の胸の鼓動を確かめる。

鼓動は徐々に弱ってきている。

結末は見えていたのだ。

(……それでも……)

あの場で渡さなくて良かった。

このわずかな時間のためだけでも、そう思えた。

涙は出なかった。

腕の中に消えかけている温もりを感じ、眠る雄介の顔を見下ろしながら、深月はじっとその時を待った。

第八話　黒い夢

大学キャンパスの処刑場にいた。

◇　◇　◇　◇

空腹に目が覚める。

雄介はかすかに目を開け、すぐに閉じた。

あたりはずっと暗闇に閉ざされている。目を開けても開けなくても、どちらでも同じことだ。

もう何日も食べていない。空腹というより、胃に石を詰められたような重い感覚だけがあった。

手足は動かない。

極限の飢餓におちいった人間がどうなるかなど、想像もしていなかった。力の入れ方がわからず、もう這いずることもできない。食糧を探すために立ち上がることもかなわず、このままゆるやかに餓死していくのだろう。

もっとも、立ち上がったところで、ここに食料はないが。

(腹へったなぁ……)

他に何を考えることもできない。エネルギー不足の体が、脳への供給をしぼっている。

水も尽き、唇はかさかさに乾いていた。いくつかあったペットボトルもとっくに空だ。楽屋に残っていたお茶やジュースを一滴ずつ舐《な》めるようにして水分補給していたが、それもずいぶん前になくなった。

（逃げ道さえあればなー……）

ぼんやりと考える。

ホールからの脱出手段はなかった。ゾンビを閉じこめるために用意された空間なのだから、当然だが。

ふと、足音が聞こえた。

誰かが舞台にのぼってきた。

暗幕の後ろに、隠れるように横たわっていた雄介の方向へ、その足音は近づいてくる。

裸足だ。

その軽い運びに、記憶から当たりをつけた。

ボロきれのようなセーラー服を着た、吊り目がちの少女だ。

あいつが落とされたのは何日前のことだろう？

襲いくるゾンビに必死で抵抗して、その光景は監禁者たちを喜ばせたが、すぐに意識を失い、動かなくなった。落とされる前からゾンビに咬まれていたらしく、それで見目のいい女なのに処分されたのだろう。

しばらくして彼女も、暗闇を徘徊《はいかい》する者たちの仲間入りをした。

そのペタペタとした足音が、寝ている雄介のすぐそばで止まった。

気配から、こちらを見下ろしているようだ。

(……？)

不審に思う。

少女は、ゾンビだ。

雄介に構うことなど、ないはずだが。

空気が動いた。

こちらに屈みこんできている。

(ついに喰われるのか)

朦朧とした意識の中で、そう思った。

今までゾンビが雄介を襲うことはなかったが、その幸運もここまでらしい。

だが、予想は外れた。

少女は、手に持った何かを、こちらの口元に押しつけている。顔にベタベタしたものが当たり、細い指先が頬をかすめる。

(なんだよ……)

不快な感触に、かすかに首を振った。

雄介が反応しないのを見て、少女は手を引っこめた。

それから間があった。

しばらくして、肩に手がかかった。少女がこちらにのしかかるように身を乗り出している。

柔らかく濡れた感触が、唇に押しつけられた。舌が歯のあいだにねじこまれる。

ドロドロに咀嚼《そしゃく》されたものが、口移しで流しこまれた。

それが食べ物だと気づくと、喉がむさぼるように動いた。ろくに噛《か》まずに飲みこむ。生にすがりつこうとする本能的な動きだった。心地よい感触が食道を通過していく。

それから、思考が戻ってくる。

今食べたもの。

肉だ。

どこから手に入れたのか……

考えて、思い当たった。

(人間の……)

衝撃はあった。思わず吐き出そうとしたが、生存本能が勝った。久しぶりに与えられた食物を消化しようと、体に血が巡りはじめる。

新鮮さから考えて、昨日落ちてきた犠牲者のものだろう。

(……今さらか……)

禁忌《きんき》への拒否感は、あっさり消えた。

キャンパスでの生活で、人間性はとっくに磨耗している。そもそもこの処刑場には、人間の手で落とされたのだ。

生肉を食べて腹を壊さないか、おかしな病気にならないか、そちらのほうが心配だった。

雄介だけではない。

ゾンビも人間を食べる。

◇◇◇◇

それから何日も過ぎた。

何人もの生贄が落とされた。

雄介はゆっくりと、その場のゾンビたちに、何が起きているかを理解していった。

ある日、いつものように、暗闇に光が差しこんだ。

二階の、コントロールルームにつながる扉が開いていた。そこから人影が押し出されてくる。後ろには、刃物や鈍器を構えた人間が数人、続いている。

今日の生贄が現れたのだ。

監禁者たちの操作で、暗闇に閉ざされていたホールに照明が満ちる。

雄介はまぶしげに目を細めた。

暗闇での生活に慣れていたため、目がなかなか順応しない。

騒がしくなる上の様子に、億劫《おっくう》さを覚えながら雄介は立ち上がった。人間という餌が現れたのにすみで座ったままでは、どうしても目をつけられる。

上では馬鹿笑いが起きていた。

（うるせえな……）

すでに仲間は、飽和状態に達している。

十二人。

ゾンビの群れだ。

力はそれぞれまちまちだ。

初期に落ちた者のほうが損傷も少なく、多くの人間を喰らっている。力も増していた。

その変化に、監禁者たちは気づいていない。

いつものように、処刑は長引いた。

すぐには落とさず、もがく姿を楽しむのが彼らのやり方だ。ビデオカメラを持った男が、後ろで録画している。記録係だ。趣味でやっているらしく、いつも同じ人間なので、もう顔も覚えている。

だが、それも今日までだ。

雄介は白けた表情で、その馬鹿騒ぎをながめた。

生贄が、処刑台の先に追い立てられる。

そのとき、どこからか、焦げくさい臭《にお》いが鼻をついた。

（やっとか）

照明装置の至近に布が巻きつけられていると、防炎剤があっても発火する。舞台のライトがじりじりと熱を上げているのだ。

監禁者たちは、まだ気づいていない。

火がどこまで広がるかはわからなかった。

隙をついて逃げ出せればよし。

逃げられなくても、焼死はそれほど悪い選択肢ではない。監禁者たちを喜ばせるのも飽きた。

すべてが灰になれば、いっそせいせいするだろう。

突然、停電が起きた。

(お?)

ホールが暗闇に閉ざされる。

監禁者たちのあいだで、混乱が起きた。

生死の境目にいた生贄の動きは、必死だった。手を縛られたまま廊下側に逃げようとするが、前をふさいでいた監禁者の一人とぶつかった。怒りの声があがる。

もみあううちに、もろとも下に落ちた。どちらのものとも知れない悲鳴がもれる。

慌てたように、上でマグライトの光がともった。

群れの仲間が動いた。

照らされた明かりの中で、生贄の男がゾンビに足をつかまれ、暗闇に引きずりこまれていく。

(喰うのはそっちだけなー)

雄介の思考に応えるように、ゾンビが殺到する。

残されたもう一人の男は、床にへたりこんだまま、奇声をあげながら武器を振り回している。手にしているのはただのこん棒だ。落ちたときにどこか痛めたのか、動きはぎこちない。

ゾンビたちは生贄の男の方に喰らいつきながら、遠巻きにそれをながめている。

襲いかかる者はいない。

(それでいい)

雄介はぼんやりと突っ立っていた。

明かりは少なく、雄介に注目する者はいない。

落ちた男は、必死で助けを求めている。

何人かが身を乗り出して、一階を見下ろしていた。なぜゾンビが襲いかからないのか疑問に思ったかもしれないが、すぐにロープが投げ落とされた。無防備な行動だ。ゾンビには登れないと思っているのかもしれない。

(ひひひっ)

暗幕の裏で、火の手が上がった。

停電は予想外だったが、熱は充分にこもっていたようだ。

暗闇の中で、炎は目立った。

上の監禁者たちが、こちらから一瞬、目を離す。

(行け!)

落ちた男に、仲間たちが殺到した。悲鳴があがる前に喉に喰いつく。すぐにゾンビの下に埋もれる。

それを尻目に、雄介はロープに飛びつき、両手の力だけでぐいぐいと登った。

体が軽い。

思わぬ僥倖《ぎょうこう》に、心が浮き立っていた。

ロープを切られる前に……

もしかすると、もしかするかもしれない。

手すりに右手がかかった。

監禁者たちが、ようやくこちらに気づいた。呆気にとられたように見つめてくる。

雄介は体を持ち上げ、手すりに腰かけた。

二階の通路からは、ホールの様子がよく見渡せた。暗闇ではずいぶん広く感じたものだが、こうして見るとわずかな空間だ。

血と死体と、腐肉の掃き溜め。

ようやく抜け出せた。

「んばぁ」

満面の笑みが浮かんだ。

「ははははァ!!」

停電はまだ続いている。マグライトのわずかな明かりだけが光源だ。雄介は哄笑《こうしょう》をあげながら、光の射さない通路の暗闇に消えた。

監禁者たちのとまどいが大きくなる。

ゾンビは喋らないはずだからだ。雄介の挙動に、度肝を抜かれている。

その隙に、群れの仲間がもう一人、ロープを登りきった。

そこからは乱戦になった。

向こうは武器を持っている。しかし、しょせんは高みの見物を決めこんでいた人間たちだ。不意打ちには弱かった。

監禁者の一人が、蹴りを受けて通路から落ちる。

下の仲間たちがとりかこみ、なぶり殺しにした。

食欲よりも殺意がまさっている。

止める気はなかった。

コントロールルームの扉に、雄介を含めて三人が突入した。

中に一人いた。

こちらを見て逃げようとする。

雄介はとっさに、壁に立てかけられていた鉈《なた》を手に取り、男の背中に叩きつけた。背骨の折れる音がし、にぶいうめき声をあげて倒れる。その後頭部に鉈を振り下ろす。硬い殻の砕けるような感触に、手に痺れが残る。

男が動かなくなるのを見届けたあと、雄介はギラつく瞳で周囲を見まわした。

「鍵だ！　探せっ！」

あたりがかき回される。キャビネットがこじ開けられ、物入れがかたっぱしから引き出される。

脳の後ろを引かれるような感覚に、振り向くと、仲間の一人が小さな鍵を投げ渡してきた。

片手で受け取り、タグを見る。

ホール正面の、扉の鍵。

(いよしっ！)

ガッツポーズを取り、通路に飛び出る。手すりを乗り越え、屈伸をきかせて一階に着地する。

足早に扉に向かい、鍵を回して強引に蹴り開けた。

熱気のこもった風が、外に吹いた。

廊下は暗く、静かだった。

清潔な空気が肺を満たす。

血と腐臭で汚れた空気が、ゆっくりと体から抜けていく。

冷たい月明かりだけが、その場を照らしている。

阻むものは何もない。

(自由だ……)

後ろにいる仲間たちから、声なき歓喜の声があがった。

強烈な殺意が吹き上げてくる。

(好きにしろ！)

いくつもの影が、雄介の横を通りすぎ、獣のような勢いで散らばっていく。

キャンパスには、まだ大勢の人間がいる。

それらを始末するのだ。

このキャンパスでは、監禁者たちが武力と強権で大多数を従えていた。処刑場にかかわりのない人間も、大勢いる。

だが、もうこうなっては関係ない。

群れが欲している。

それだけで充分だ。

「ひひひひっ」

爆発的な喜びが、胸を突き上げてくる。

鼻歌でも歌えそうな気分だ。

またこんな幸せな気持ちになれるとは。

至福の時間は、廊下を逃げてくる足音に邪魔された。雄介はいらだたしげに視線を向ける。

廊下の角から、必死の形相をした男が現れた。武器も持っていない。群れの誰かから逃げてきたらしい。こちらに気づいて、足をもつれさせる。

見覚えのある顔だった。

処刑前の人間を玩具にして、遊んでいた。

よく覚えている。

雄介は自分から踏みこんで、鉈を振った。手にあった刃が、直線に走った。

かばうように突き出された男の腕に、垂直に刺さった。ゴキリと叩き折る。

男の口が絶叫を形作るが、音は聞こえない。

雄介はそれを疑問にも思わず、再び鉈を振った。

(骨ってかてーな)

刃の形状から、突き刺すのには向いていない。致命傷は与えづらかった。

仕方なくめった切りにした。

意外としぶとかった。

血まみれになった死体を放り出し、荒い息を整えながら顔を上げると、槍を手に持った少女が目の前に立っていた。

破けた血袋のようになった男の姿を見下ろし、こちらに視線を上げ、ニィ、と笑った。

雄介もおかしくなった。

仲間と気持ちが通じ合っている。

幸せな気持ちになった。

「皆殺しだぁ」

鉈を指揮棒のように振り上げ、肩に乗せて廊下を進んだ。

三人殺した。

キャンパスは大混乱に陥っていた。

群れの興奮が伝わってくる。

あちこちで殺戮《さつりく》が起きていた。

そのたびに、欠けていた心が満たされていく。
槍の少女を従え、次の獲物を探している途中、唐突にその姿が目に入った。
(……あ?)
廊下の先。
人影が立っていた。
モスグリーンの、迷彩のレインコートを着て、フードを目深に被っている。
顔は影になって見えない。
口元だけがのぞいている。
フードからこぼれた三つ編みの黒髪が、胸の前に垂れ下がっている。
女だ。
まるで死人のような静けさで、こちらを見つめている。
なぜか、ひやりとしたものを感じた。
(……こんな奴いたか?)
知らない女だ。
だが、自分とつながりがある。
ということは、群れの仲間だ。
しかし、あのホールにこんな女はいなかったはずだ。

足が止まる。

記憶に混乱が起きた。

(なんだ？)

後ろの方から、ピリピリした気配が近づいてくる。

槍を持った少女の、強い視線が、背中に注がれている。

それを痛いほどに感じた。

何かを警戒している。

(何を？)

突然、なんの前触れもなく、横のガラス窓が割れた。ひび割れが広がり、破片がボロボロと落ちていく。その不可解な壊れ方に目を奪われる。

窓を通した視線の先、遠い中庭に、大量の死体の山ができていた。

無念の表情を浮かべた人間たちが、かたまりとなって闇に浮かんでいる。

(……)

その光景に、既視感と、疑問を覚える。

キャンパスの制圧には、まだ時間がかかるはずだ。

あんな山ができるほどではない。

順序立てた論理が失われている。

(なんか……)

月に雲がかかった。

光がかげり、窓枠に残っていたガラス片がかすかに反射してきらめく。

そこに映る、肉のこそげた自分の顔を、雄介はぼんやりとながめた。

(……なんだこいつ……)

手で顔をなぞってみる。

歯茎がむき出しになり、肉のない頬骨が手に当たった。鼻も落ちている。カサカサした骨の感触だけがあった。

ゾンビだ。

(いつからだ?)

疑問を覚えたとたん、何かから引き剥《は》がされるような感覚がした。

群れとのつながりが失われていく。

何が起きているのかわからず、混乱のまま、まわりを見渡した。

いつのまにか、視界が入れ変わっていた。

数メートル先、先ほどまで雄介が立っていた場所に、背の高い人影があった。

ボロボロのコートを着て、手には鉈を持っている。

先ほどまで雄介だった男。

髑髏《どくろ》男だ。

鬼火のような瞳で、じっとこちらを凝視している。

先ほどのつながりが嘘のように、強烈な敵意を叩きつけられた。
それはそうだ。雄介は、群れの仲間を何人も殺したのだから。
（……そうか。そうだった）
ようやく、失われていた見当識が戻ってきた。
自分は今まで、何をしていたのか。
何になりかけていたのか。
呆然と立ちつくす雄介のとなりに、あの女が立った。
ささくれた記憶を引っかく、迷彩のレインコート姿。
フードがこちらにかたむき、横顔がのぞく。
三つ編みがこぼれる。
「――」
不思議な色をした瞳が、こちらを見上げる。
そこで雄介は夢から覚めた。

第九話　暴露

雄介はまぶたを開く。

暗い天井と、それにかかる人影が見えた。

誰かがこちらをのぞきこんでいた。長い髪が流れ、視界をさえぎっている。

市役所の一室だ。

今度こそ現実に目覚めたと理解すると同時に、体の芯《しん》から、おこりのように震えが走った。

体温が低下しすぎていた。制御できない痙攣《けいれん》が広がり、喉の奥から呻《うめ》き声がもれる。

身をよじると、体が床に落ちた。硬い感触に転げる。

「はぁ……はぁ……」

床に突っ伏しながら、雄介は荒く息をつく。

全身をめぐる血液が熱いほどだった。体のこわばりをほぐそうとして、失敗する。身動きができないと思ったら、手足を縛られていた。

(なんだこれ……)

顔を上げると、暗闇の中に、深月の姿があった。

もがく雄介のすぐとなりにひざまずき、こちらを見下ろしている。

形容しがたい瞳だった。

追いつめられた獣のような。

それでいて救いを求めるような。

右手には拳銃がにぎられている。

じっとそれをにぎりしめている。

雄介は無言でそれを見つめたあと、視線を上げた。

「……これ外してくれよ」

深月の目が見開かれる。

震える声がかかった。

「……た、武村さんですか？　私が……わかりますか？」

「何言ってんだ……？　いいから外せって……」

「っ！」

次の瞬間、強く抱きつかれていた。巻きついた腕がからまる。

「おい……」

「……っ、……ぅ」

押し殺すような吐息が、首すじに当たる。冷えた体に、深月の体温が伝わる。それで、深月もまた強く震えているのに気づいた。

「……」

雄介は諦めて、体の力を抜いた。状況が把握できないまま、天井を見上げながら、ゆっくりと記憶を掘り起こす。

階段の戦闘で知性体に咬まれ、中央ホールで倒れたのだ。左手には包帯が巻かれていた。

(結局、感染はしなかったか……。にしても、あの夢は……)

ただの夢ではないだろう。

あの場で感じていた不思議な感覚は、自分の内側にまだ残っている。

知性体が何を意図して動いていたかも、おぼろげながらわかってきた。

自分がもう、安全圏にいないことも。

(厳しくなるな)

雄介は目を閉じ、束の間、体を休めた。

◇◇◇◇

深月が落ちつくと、ようやく手足の拘束が外された。

弟の隆司と、駐屯地で拾った女の子も、部屋の奥から現れた。無事な雄介の様子に、隆司はパッと笑顔を浮かべ、女の子は驚いたように目を丸くしていた。

他に人の姿はない。この四人だけだ。市役所の一室のようだが、状況があまり理解できなかった。

雄介が体を起こすと、深月が心配そうに言った。

「まだ寝ていたほうが……。顔色がわるいです」

「いい……。こっちのが目が覚める」

雄介は壁によりかかりながら、

「……で、今どうなってるんだ？　ここは」

そして、自分が倒れていたあいだに起きたことを知った。

「撃ったのか……？　あいつらに？」

雄介は愕然《がくぜん》としながら聞いた。

深月はうつむいたまま、うなずく。

ゾンビに咬まれた雄介が処分されそうになり、それを深月が拳銃で威嚇し、この部屋に立てこもったという。

後ろにいる子供二人の姿が、雄介の思考を沸騰させた。

「っ、バカ野郎っ！　んなことのために銃渡したんじゃねーぞ！　おまえら、これからどうなると……」

雄介の言葉は、尻すぼみに消えた。

深月は青い顔をしてうつむいている。

頭が冷えていく。

（……。俺がミスったせいか）

雄介は声のトーンを落とし、

「……俺が動けなくなったあと、マジで始末されそうになってたのか？」

深月は目線を合わせず、無言で応えた。

雄介が仲間に殺されかけたということを、あまり繰り返したくないのかもしれない。

(助けられたのか……)

雄介は顔を片手で覆ってため息をついた。

拳銃で威嚇したとなると、コミュニティとの対立は決定的だ。大勢の人間が死んだ直後に、仲間に銃を向けたのだ。排斥は避けられない。

たとえ雄介が無事な姿を見せても、しこりは残る。深月の立場は変わらないだろう。

(どうする……)

いくつもの選択肢が、浮かんでは消えていく。

雄介についても、ゾンビに咬まれた手は大勢に見られている。疑念は残るだろう。

しばらくの思考のあと、雄介は腹を決めた。

(潮時だな)

立ち上がり、言った。

「ついてこい。話をつけにいく」

◇　◇　◇　◇

雄介たちがホールに姿を見せると、その場にいた人波に緊張が走った。

監視のためか、調達班の面々も残っている。

距離を置いて、対峙した。

「よう」

「…………」

社長は呆気にとられたような表情をしていた。

自然体で立つ雄介に視線を走らせ、人間であること、ゾンビ化していないことを確信したようだ。

「……無事だったのか」

「おかげさまでな。話は聞いた」

後ろの深月にかぶりを振っての、皮肉げな声音に、社長が言葉につまる。

しばらくして、口を開いた。

「……すまなかった。あの場では、あれが最善だと思った。咬まれて助かるとは……」

そこまで言って、社長の顔色が変わった。処分した他の感染者のことを思い出したのだろう。

雄介は手を振り、

「いや、謝らなくていい。処分の判断も良かった。ただ、俺も言ってないことがある」

「なに？」

「……うーん、そうだなあ……」

雄介は考えこむように周囲を見まわし、壁際に立つ佐々木に目をとめた。

「そいつを貸してくれ」

雄介が指さしたのは、佐々木が肩にかけていたショットガンだ。西庁舎に立てこもっていた犯人が使っていた物だ。足元にはバッグも置かれている。この非常時で、使える物はなんでも使うつもりなのだろう。

佐々木が、うかがうように社長の方に視線を走らせる。不審な雄介の態度に、渡していいか決めかねているのだ。

社長は言った。

「……なぜだ？　なんに使う？」

「まずは手元に武器が欲しい。これからの生き残りにかかわる情報を持ってる。それを教える代わりだ」

「……いや……」

複雑化した状況に、社長は即答できないでいる。

雄介はうんざりしたように続けた。

「拳銃もやった。ライフルもやった。ボートも持ってきた。ショットガンひとつくらい安いもんだ。仲間だろ？」

仲間、という言葉に、社長は悩むように沈黙したあと、口を開いた。

「……それで和解してくれるか」

「ああ。弾も」

「……わかった」

佐々木が近づく。

ショットガンとバッグを受け取るときに、後ろに立つ深月の方に鋭い視線が走った。拳銃のありかを確認しているのだろう。深月は目を伏せたままだ。

雄介は銃の操作を確認したあと、バッグから円筒形の弾丸を鷲づかみにしてポケットに入れた。そのうちふたつを機関部の下にある挿入口から差し入れ、ポンプを引く。弾が装塡《そうてん》される。

「さて……」

周囲の視線が集まる。

雄介の異様な雰囲気に、ホールの空気は固まっている。

「これでもう用済みだな」

雄介は後ろに下がり、深月を、前に押し出すように蹴り飛ばした。

「きゃっ⁉」

深月がバランスを崩して床に倒れる。

「え、えっ……？」

手をついて身を起こし、混乱した様子で雄介を見上げる。

「何をしてるっ⁉」

鋭い声があがった。人の輪から一歩こちらに踏み出したのは、深月の幼なじみとかいう少年だ。

雄介は答えず、ショットガンを斜めに構えたまま、ゆっくりと移動した。深月たちと市役所の人間から、それぞれ距離を取る。

「……なんのつもりだ」

こちらをにらむ社長の言葉に、雄介はうすく笑いながら答えた。

「用済みって言っただろ。おまえらに肩入れすんのもここまでだ。もうズタボロだしな。いつ全滅するかもわからん所にいる意味ねーだろ？　俺は俺でやってくよ。あとは適当にがんばってくれ」

「何を言ってる……？　……。いや、一人でどうにかなると思ってるのか？　それとも何か要求してるのか？　わかりやすく言ってくれ。できるかぎり応える」

「別に、何も。これだけで充分だよ」

ショットガンをかるく叩く雄介に、

「……本気なのか。一人で」

「ああ」

「……自殺行為だ。おまえは今、あいつらに咬まれたショックで錯乱してるだけだ。早まった行動はやめろ」

雄介は、笑みを浮かべた。

「さっき、言ってないことがあるって言ったよなあ」

「……？　ああ」

「こういうことだ」

雄介は窓に近づき、ショットガンを、市役所前の道路に向けて撃ち放った。強い反動とともに、爆音が鼓膜を震わせる。

道路の近くにいたゾンビが、こちらを見上げた。ふらりと周囲を見まわしたあと、庁舎の玄関に歩いていく。

（……やっぱまわりに人間がいると気づくか）

ポンプを引いてリロードし、ポケットの弾を装填しながら考える。

ゾンビは、ゾンビの立てる音には反応しない。同じように、雄介の音にも反応しなかった。

しかし、近くに他の人間がいれば、ちゃんと誘引できるようだ。音だけでなく、何か別のものでも気配をとらえているのだろう。

そのうち、階段の防火扉の向こうが騒がしくなった。

一階をさまよっていたはぐれゾンビが、音にひかれて上ってきたのだ。

ショットガンの銃口でまわりを追い散らし、防火扉に向かう。佐々木が予備のライフルを手に、こちらを注視している。銃口は下がっているが、いつでも撃てる態勢だ。

「どいてろ」

（あっちも弾は残ってるか……）

横目で見ながら、くぐり戸のケースハンドルを回して鍵を開ける。乱暴に蹴り開け、数歩下がる。

戸口に現れた人影に、トリガーを引いた。

弾丸の霰《あられ》が飛び、ゾンビを吹き飛ばした。体ごと捻じれ飛ぶようにして、奥の階段に落ちていく。

圧倒的な暴力の発露。

もう一匹、現れた。

今度は銃口を下げ、膝《ひざ》を撃った。

ゾンビはつんのめるように倒れる。

その襟首をつかみ、くぐり戸から引きずり出した。扉のケースハンドルを回し、これ以上入ってこないように鍵を閉める。

今さらながらに、後ろで悲鳴があがった。

倒れたゾンビは足を砕かれ、膝から先は、皮でつながっているような状態だ。それでも凶悪にゆがんだ表情は変わらず、上体だけで這いずりながら、ホールの中央に向かおうとする。

すぐそばに立つ雄介を無視して。

「おーお。しぶといな」

ゾンビは両手で床をつかむようにして、フロアに血の跡をつけながら、のろのろと這いずっていく。

雄介はゆっくりと、そのあとを追った。

周囲の動きが乱れる。

混乱したような雰囲気だ。

戦える人間はとっさに武器をとっているが、それ以上は身動きもせず、こちらを凝視している。

ゾンビが進むごとに、人の輪が下がっていく。

中央まで来たところで、雄介はその頭を踏みにじり、動きを止めた。床に押さえつけられ、ゾンビの首がゆがむ。

その目は爛々《らんらん》と輝いているが、自分を踏みつけにする雄介ではなく、ホールの人間に向けられている。

もがく手も、雄介にかかる様子はない。

「わかるか？」

その光景の意味が、まわりに浸透するのを、じっと待った。

「前に」

雄介は続けた。

「前にも咬まれたことがある。ゾンビに」

「……なに？」

社長のかすれた声。

「俺が咬まれたのは、これで二回目だ。ずっと前に……このパンデミックが起きた直後にも咬まれた。でも俺は、こいつらの仲間にはならなかった」

「……二回目……？　咬まれて無事だったのか……？」

「ああ。なんでゾンビにならなかったのか、理由は聞くなよ。俺にもわかんねえ。ただ……まあ、一応は感染してるんだろうな。あれから俺は、ゾンビに無視されるようになった。こいつみたいに」

そう言って、雄介はゾンビの頭を、足で床に叩きつけた。ゴツッとにぶい音がするが、ゾンビはまるで知らぬようにもがき、周囲に飢えた視線を向けている。

その様子に、雄介はおかしみを含んだ口調で言った。

「仲間だと思われてんのかね？」

社長の声がもれた。

「信じられん……」

「信じろよ。今まで俺が、市役所の外を一人で動けてたのはなんでだと思う？　勇気があるから？　行動力があるから？　違う。ゾンビなんぞ、俺にとっちゃ脅威でもなんでもなかったからだ」

「………」

「バイクだけで、ゾンビのうようよしてる街中に出ていこうとかさ。普通は考えないだろ。それがゾンビに無視されるんなら、散歩みたいなもんだ」

社長は無言で立ちつくしている。

周囲も。

「なんなら誰かこっちに来い。試してみろ。このゾンビが特別じゃないってわかる」

佐々木が、慎重な足どりで近づいてきた。

ゾンビはすぐに反応した。佐々木をにらみつけ、罠にかかった猛獣のように、両腕でもがきはじめた。上に立つ雄介には見向きもしない。

佐々木は足を止め、社長に視線を向ける。疑念と確信が入りまじった、複雑な表情だった。

社長が口を開いた。

「……わかった。それは……信じがたいが……」

「オーケー」

雄介は足を下ろし、トリガーを引いた。爆音とともにゾンビの頭が吹き飛ぶ。悲鳴があがった。

社長は、動かなくなったゾンビをじっと見つめていた。

それから口元を引き締め、顔を上げた。

「……だが、なんで今なんだ。なぜ今まで黙ってた？」

「そりゃ、いいように利用されんのが嫌だったからさ」

「……利用されるのが……？　それだけか？」

「ああ」

そこで雄介は、深月に視線を向けた。

深月は床にへたりこんだまま、びくりと震える。

顔は真っ青だ。

立て続けの出来事に、思考が追いつかないのだろう。

近くには子供たちと、あの幼なじみの少年もついている。

雄介は続けた。

「そいつにも食い物を要求された。ここに来る前、スーパーで助けたときな。でもな、使い走りにされるのはごめんだ。だから黙ってた」

雄介は笑い、

「食い物の代わりに体をよこせっつったよ」

「……ッ！　てめぇっ！」

少年が激昂《げきこう》した。立ち上がり、こちらに向かってくる。

その顔に、雄介は銃口を向けた。

ゾンビを吹き飛ばした銃に見つめられ、金縛りにあったように少年の動きが止まる。

「……っ……」

「なんだよ？　文句あるなら言ってみろ」

「おまえ……おまえっ！」

血が出そうなほど歯を嚙《か》みしめながら、少年は雄介をにらみつける。

「ふん……。そいつはそれでも、俺に恩を感じてたみたいだけどな。犬ころにエサをやるようなもんだ。くだらねえ」

社長は重苦しげに黙りこんだ。

それから、痛みをこらえるように、しぼり出すように言った。

「そうか……。おまえは、そういう奴だったんだな」

「そうだ」

周囲の空気が、怒りにざわついた。

一人で市役所の外を行動する雄介には、今までどこか畏怖《いふ》の感情が向けられていた。

それが、たんにゾンビに襲われないからであるとわかって、反転した。

「一人で好き勝手してたんだ……」

「何人死んだと思ってるんだ！　あいつのせいで……」

雄介は不思議そうに、そちらに顔を向けた。

「俺のせい？　俺のせいじゃないだろ」

「違う、おまえなら、他の人間を守れただろ！」

「……あー、つまり、俺に外のゾンビを殺せって言ってるのか？」

「簡単だろうがっ！」

「……やっぱそうなるよな。ここの安全のために、一人でゾンビを掃除してこいって。わかってるわかってる」

雄介は、手のショットガンに視線を下ろし、言った。

「……それでさあ、俺が、俺だけが始末を押しつけられて、外のゾンビを殺しまくって、そのうちどうなると思う？」

「……？」

「区別がつかなくなるんだよ。おまえらと、あいつらが」

あの知性体の夢は、雄介の記憶ではなかった。

しかし、夢の中で行動していたのは、間違いなく雄介自身だ。

あの虐殺の光景も。

今ならわかる。

西庁舎に立てこもっていた犯人と、無線で話したときに感じた、正体不明の嫌悪感。

あれは、同族嫌悪だ。

「なんであいつらを殺して、おまえらを助けなきゃならないんだろう、ってなあ……」

あの男の言葉。

『まだ人間に貢献しているほうだと思う』

あの男は、そのバランスが崩れたのだ。

周囲に広がる絶句をよそに、雄介は続けた。

「言っとくが、ここでゴチャゴチャしてる暇はねーぞ。あいつらはまた来る」

「……どういうことだ」

社長の目を見ながら、

「あいつらの中に、何匹かヤバいのがいる。さっきのは小手調べだ。今度は本格的に来る。死にたくないならさっさと逃げろ」

「……なぜわかる。……いや、前に言ってたな。ゾンビの中におかしなのがいるって、あれか？」

「ああ。人間みてーに知恵の働く奴がいる。何してくるかわかんねえ。そいつら相手だと、俺も狙われる」

その言葉に、わずかにとまどったような雰囲気が流れた。

雄介が、市役所を守る戦いで負傷したのを思い出したのだ。

社長は難しい表情で、

「……今はとても移動できない。ここで守る」

「全滅するぞ」

二人はにらみあう。

そこに、声がかかった。

「武村……」

工藤だ。

「ひとつだけ、聞かせてくれ……」

「なんだ」

工藤は思いつめたような表情で、言った。

「物流センターに行ったとき、一緒に戦ったよな。必死で……。あのときも、おまえだけは安全だって、わかってたのか？」

「あたりまえだろ。でなきゃ誰が行くか」

「……自分だけ平気ってわかってて、一人だけ高みの見物を決めこんで、ついてきたのか……？」

「そうだよ。そう言ってるだろ。……ああ、それに、人間がどこまでゾンビと戦えるのか、興味もあったからな。見物させてもらった。いろいろ参考になったぜ」

「……！」

怒気を含んだ工藤が近づく。

雄介は先ほどと同じように、その顔にショットガンを向けた。

「………」

工藤は一瞬立ち止まり、銃口を見つめた。

しかし、再び歩みを進めた。こちらにまっすぐ視線を合わせ、銃口に身をさらしながら、ゆっくりと銃に手の届くところまで近づく。

それから静かに、銃身の先を右によけた。

雄介はそれを、呆気にとられたように見ていた。

頬に衝撃。

殴られていた。

雄介はたたらを踏んで、体勢を立て直す。

「…………」

熱のあとに、痛みが広がる。

雄介は不思議そうに頬をなぞり、それから工藤を見つめた。

「ダチだと思ってたぜ」

工藤は吐きすて、背を向けた。

「…………」

雄介はそれを無言で見送ると、社長に視線を戻した。

工藤とのやりとりに何かを感じるところがあったのか、社長は複雑な表情を見せている。

「……準備だけはしておく」

会話はそれで終わった。

社長にうながされて、ホールの人間が散らばっていく。
寒々とした空気が広がる。
ふいに、深月と目が合った。
まわりの人間に、いたわるように支えられながら、呆然とこちらを見つめている。
雄介は無言で視線を外し、バッグを拾って、ホールをあとにした。

第十話　心の底

ゾンビの襲撃のあと、市庁舎の人間は一ヵ所に集まった。

以前に食事会があった、市議会議場だ。そこでなら全員を収容することができた。入り口と近くの階段には見張りがついているので、一応の安全は確保されている。

下ではまだ作業が続いていたが、怪我をした人間や、疲労の激しい者は議場で休むことになった。

深月たち三人も、他の人間にまじってそこにいた。

子供らは興奮が冷めないのかしばらくピリピリした雰囲気でいたが、そのうち隆司がすとんと眠りに落ち、女の子もとなりでうつらうつらしはじめた。

そんな二人の様子を、深月は膝《ひざ》を抱えながら、ぼんやりとながめていた。

（……）

議場は広く、暖房もないため、巻きつけた毛布から冷気が染みいってくる。

まわりには大勢の人間がいたが、みな疲れきって横になっていた。暗闇の方々で、ささやき声が聞こえる。押し殺したような泣き声も。

襲撃の騒ぎはまだおさまっていない。一時的な休止でしかなかった。

確認できただけでも、犠牲者は十数人を超えている。朝になればさらに増えるだろう。行方不明者も多く出ている。

朝日が出たあと、市庁舎の後始末をすることになる。血まみれの市庁舎を。これからここで、また生活していけるのか。多くの死人が出たこの場所で。

深月には不可能に思えた。

あいつらはまた来る、と雄介は言った。

(……………)

銃を手に、動けないゾンビを足蹴にし、傲岸《ごうがん》にまわりを睥睨《へいげい》していた雄介。

人が変わったように——とは思わない。雄介にそういった面があることを、深月は知っていた。

そもそも出会った時から、善良とはほど遠い人間だった。

スーパーでの記憶が、いくつも蘇《よみがえ》ってきた。

なぜやすやすと食料を取ってこられたのか。

なぜゾンビに対する恐怖をほとんど見せなかったのか。

もし、襲われないというのが本当だとしたら。

答えはあったのだ。

重苦しい感情が形を取りそうになるが、すぐに霧散した。

かわりに空虚感だけが強くなる。

ふと頬に視線を感じ、深月は顔を上げた。

幼なじみの少年、敦史が、こちらをじっと見つめていた。

目が合うと、気まずそうに目を伏せ、

「……あのさ」

口を開く。

「俺は、気にしてないから」

その言葉の意味がわからず、しばらくして思い当たった。食料の代わりに深月に体を差し出させていたという、雄介の言葉を指してのことだろう。

すこしの沈黙のあと、深月はぽつりとつぶやいた。

「ごめんね」

「謝るなよ！」

敦史は怒ったような表情で、

「隆司たちもいたんだ。仕方ねえよ……」

その言葉は、自分自身に言い聞かせるような口調だった。

（……そうじゃないの……）

深月は心の中でつぶやく。

ほぼ無意識の動作で、右手を腰にやっていた。服の背におさめられた拳銃はまだそこにある。弾も残っている。あの騒ぎでうやむやになったままだ。

（早くしないと……）

誰かが回収しに来るかもしれない。

ふいに足音が近づいてきた。

暗がりから、警備班の男が現れた。深月はかすかに身構えたが、敦史が立って、小声で何かを話しはじめた。

それからこちらに振り返る。

「深月、思い出したくないかもしれないけど、警備の人が聞きたいって言ってる。人質を取ってた奴ら……犯人側に、女がいたんだよな?」

深月はうなずいた。

敦史と警備の男は、深刻な様子で相談を始めた。すぐに男が立ち去る。

「深月、ごめん。俺も行ってくる」

そう言って、敦史も議場を出て行った。

深月はぼんやりとそれを見送った。

「あなた、大丈夫?」

横から、気づかうような声がかかった。

顔を向けると、以前に衛生班で一緒だった年上の女性だった。心配そうにこちらを見つめている。そばには何人か、同じような表情の人間がいる。市役所での仕事で仲良くなった人たちばかりだ。

男たちの、腫《は》れ物に触るようなぎこちない態度とは違って、いかにも同情的だった。

「大丈夫です」

深月は短く答えた。

こちらの錯綜《さくそう》した立場については、面と向かって詮索する人間はいない。まだ浸透していないだけかもしれないが……

まわりの人間が寝静まるまでの、暗い夜の粘ついた時間を、深月はひたすら待ち続けた。

◆　◆　◆　◆

市庁舎の暗闇の中を、雄介は一人で行動していた。

ショットガンを持っているため、たまにすれ違う男たちもかかわろうとはしてこない。遠巻きにして避けるだけだ。

地下のバイクに燃料を補給し、荷物をまとめたあと、三階に向かった。近隣の地図を手に入れるためだ。

観光課の一室に入り、机にロードマップとパンフレットを積み上げて、安全なルートを探す。街から出るまでがもっとも危険だ。知性体には目をつけられている。

なるべく大きな道を選んで、立ち往生するリスクは避けたい。移動はずっとバイクになる。

マンションの自室で、街の地図に書きこみをしていたころが思い出された。

（振り出しに戻るか……いや、悪くなってんな）

かつては人間の生き残りを気にするだけでよかったのが、今は、知性体に明確に命を狙われている。

他の街にも、知性体と似たような存在がいないともかぎらない。安全な場所を探しての旅は、長くなるだろう。

ライトで照らしながら隣県への移動ルートを決め、予備も含めていくつかの経路をチェックしたあと、雄介はひと息ついた。

安物の椅子に背中を預け、気が抜けたように宙をながめる。

『──こっちにはいない──』

『──船の確認を──』

バッグに入れっぱなしの無線機は、ショットガンと同様、西庁舎で暴れた男の所持品だ。市役所で交わされている無線の内容がもれ聞こえてくる。何か問題が起きているようだが、あまり興味はひかれなかった。こちらに敵対するのでなければ、どうでもいい。

天井を見上げ、大きくため息をつく。

「はーあ……だる……」

徒労感が強かった。

知性体に咬まれるという自分のミスが原因ではあるが、あれだけ苦労して、結局は身ひとつで逃げ出すハメになっている。

日がな一日かかって作り上げた砂の城が、波にさらわれたような気分だった。

かといって、もう期待するようなものも残っていない。

ゾンビに追いつめられての結果なら、まだ良かった。

しかし、今度の崩壊も、人間同士の争いが発端だった。

自分の心の置き場が、どんどん人間側から離れている。

そのことに気づいてはいたが、失望感は隠せなかった。

(クソボケ)

無性に腹が立ち、デスクの書類立てを蹴りつける。文具が散らばり、盛大な音をたてた。

それに反応する気配があった。

振り向くと、扉のそばに人影が立っていた。

深月だ。

うつむき加減ににぎりしめられた両手の中には、拳銃のシルエットがある。

「…………」

雄介は無言で、デスクに立てかけていたショットガンを手に取った。

その挙動は見えていただろうが、深月に動きはない。

雄介は静かに声をかけた。

「やめとけ。おまえは撃ちたくない」

深月は答えない。

拳銃をにぎる手も、微動だにしない。

うなだれたまま、沈黙が続いた。

じれた雄介が立ち上がり、ショットガン片手に近づいても、深月はなんの動きも見せなかった。

数歩の距離で立ち止まる。

「なんとか言えよ」

しばらくして、伏せた顔の下から、かすれた声が返った。

「なんで……」

そこでとぎれた。

しばらく待ったが、言葉が続く様子はない。

雄介は口を開いた。

「言っとくが、悪いとは思ってないからな。俺は俺のやりたいようにやっただけだ」

深月の手が跳ねるように動いた。

持ち上げようとする銃口を、雄介はとっさに手元で押さえた。深月の両腕と雄介の左腕で、力が拮抗する。

「ふ、う、ぅぅっ……!」

深月は食いしばるように吐息をもらしながら、こちらをにらみつけてくる。

泣き出す寸前のような瞳だ。

「はなしてっ……!」

暴れようとする深月がバランスを崩し、床に倒れこんだ。雄介もそれにつられる形で馬乗りになった。ショットガンを手放し、深月の両腕を床に押さえつける。

深月はしばらくもがいていたが、やがて観念したように力を抜くと、視線を外し、動きを止めた。

抵抗が完全になくなるまで待ってから、ゆっくりと手を放した。

乱れた黒髪の中に、深月の両腕が無防備に広げられている。見えない鎖で床にはりつけになったような姿だ。呼吸に合わせて、胸がかすかに上下している。

「動くなよ」

床に落ちていた拳銃を拾う。

安全装置はかかっていた。

以前に渡した、オートマチックの拳銃だ。

「……」

マガジンを抜いてスライドを引き、中を空にしてからポケットにおさめる。

そのあいだも、深月はこちらの視線を避けながら、じっと横たわっていた。

「気がすんだら帰れ。勝手に歩きまわるな」

「……」

「まだ何かあんのか」

答えはない。

「……裏切られたとでも思ってんのか？　そもそも助けてくれとか頼んでねえよ。おまえが暴走しただけだ」

雄介は吐き捨てるように、

「おまえにやってた食い物はな、いくらでも手に入れられたんだよ。命がけってのも嘘っぱちだ。おまえを利用してただけだ。変な期待はすんな」

「そんなことはどうでもいいのっ！」

激昂《げきこう》の声が返った。

雄介は一瞬、呆気にとられる。

「……なに？」

深月は震える自分の体を抱きしめ、冷たく床を見つめた。

「わからないならいいです……もう……」

「……おい、言いたいことがあるならはっきり言え。グダグダしてんなうっとうしい」

深月は怒りを瞳に閃かせて、まっすぐこちらをにらみつけてきた。

「なら言います。助けたのが先生だったら、一人で出て行こうとなんてしなかったでしょう？」

雄介は言葉に詰まり、

「……なんであいつが出てくんだよ」

深月は聞いていなかった。

「私だって、先生が助けてくれればどんなに……。でも、私がやるしかなかった、あの時はそうするしかなかったんです！」

ほとんど支離滅裂な言葉に、雄介は沈黙する。

深月は身をすくめたまま、ぽろぽろと涙をこぼしはじめた。

「な、なんで……あんなことしたんですか……？　秘密なんて知りたくなかった……。どうして黙って、一緒に逃げてくれなかったんですか……？　そんなに私が足手まといでしたか……？」

思わぬ言葉に雄介が絶句すると、その表情を見てとったのか、深月は顔をゆがめて言った。

「ほ、本当にわからなかったんですか？　食べ物の恩だけで、あんなことをしたと思ってるんですか？」

深月は、泣き顔を両腕でかばうように隠し、しゃくり上げはじめた。

「じ、自分が、情けない……です……。ぜ、ぜんぜん、伝わってなかった……」

その姿を見下ろしながら、雄介はつぶやく。

「……意味わかんねーよ」

深月は嗚咽《おえつ》をこらえながら、

「ま、まだわからないの？　意気地なし……ひきょうものっ……！」

「はあ……？」

「し、仕方ないじゃないですか……。く、悔しいけど、悲しいけど……好きなんだから……」

絶望を吐露するような声音だった。

押し殺した泣き声だけが響く。

雄介は困惑するままに、

「……なんだそりゃ。タダでいいように使われてたんだぞ。恨まれるんならわかるけどよ……」

深月は叫ぶように言った。

「そんなこともう関係ないのっ！　利用されてるなんて最初からわかってたっ！　で、でも、あのとき一緒にいてくれたのは誰？　優が、あの子があんなことになって、それでもとなりにいてくれたのは誰……誰ですか……。あのときの気持ち……他に誰がわかるの……」

その表情が、くしゃりとゆがんだ。

不意を突くように身を起こし、こちらの首元にすがりついてくる。

「好き、好き、好きなのっ！　どうしようもないのっ！」

「おい待て、今さら……」

首すじに、熱に浮かされたような吐息がかかる。

涙にぬれた深月の瞳が、蠱惑《こわく》するように近づいた。

「さ、最後に、したくないですか？　私じゃだめですか？」

あのプライドの高い深月が、怒りを一転させ、すがるように、あからさまな媚態《びたい》を見せている。

それは痛々しいほどだった。

深月は上目遣いで、

「つ、捕まったときだって、何もされてない。無理やりされかけたけど、抵抗しました。ちゃんと逃げました」

「…………」

「と、トイレに連れこまれて、太もも触られて……」

語尾に奇妙な熱がこもっていた。

「……挑発してんのか？」

「なにが……ですか……」

スカートごしに太ももに触れると、深月の体がびくりと跳ねた。

かるく表面をなでただけで、深月の太ももがガクガクと震える。引けた腰で、こちらの片脚をはさむように密着させてくる。

「ぁ、ぁっ……！」

柔らかな胸が押しつけられる。

劣情をかきたてる深月の声と、その感触。

流されるなという理性と、どうせ最後だという自暴自棄な感情が入り混じる。

失望と腹立ちのままに、

「……もう知らねーぞ！」

「あっ……！」

捨て鉢に押し倒すと、歓喜の悲鳴があがった。

深月の両腕が、こちらの背中を這いまわる。抱きつくだけでは足りないとでもいうように、体の形をなぞるその動きに、ゾクゾクとしたものが走る。

タイツに手をかけようとすると、深月の切羽詰まった声がかかった。

「破いてくださいっ……！　そのままでいいからっ……！」

こちらの凶暴性を引き出すような、媚《こ》びた声音だった。

無理やり縫い目から引きちぎり、下着を露出させる。

そこは水気を含み、濡れきっていた。

横にずらすと、熱くとろけた秘肉が、指先をやすやすとのみこんだ。

深月の体が、電撃を受けたように反り返る。

「っ……！　……早くぅっ……！」

深月は自分の両脚を抱え、捧げ持っていた。スカートはめくれ上がり、破れたタイツと、ずらされた下着の隙間から、深月の秘部がむき出しになる。

雄介は下を脱ぐ時間ももどかしく、ファスナーを下ろして飛び出たそれを、深月の体ごと引き寄せるようにして突きこんだ。

熱く溶けたぬかるみに、これ以上ないほど硬くなったものが突き刺さった。

「んあぅっ！」

中の肉がギュッと収縮した。

深月が体を反らせ、ビクビクと体を震わせながら、腰を押しつけてくる。先端まで圧迫するように包まれる。

生の粘膜同士がこすれる快感と、溶けるような居心地の良さ。

「いっ……く……いっちゃうっ……！」

深月はあっという間に高まっていった。串刺しになった接合部を自らこすりつけ、中に刺さったものをグリグリと刺激し、そのたびに下腹部を震わせる。

「ッ!!」

秘部にペニスをくわえこんだまま、深月のお腹だけが跳ねた。背中が弓なりになり、声の出ない

喉が、空気を求めるように開閉する。

同時に、ドロドロになった深月の内部が、強くペニスを締め上げた。

「くぅ……！」

これまでに感じたことのないような熱さだった。

水気は多くグチャグチャに濡れているのに、熱でとろみをもったような内部。

極限まで柔らかくなったヒダが、無数にからみつく。

息を吐いて射精をこらえながら、ゆっくりと腰を引く。

カリが中をえぐるその刺激に、深月の体がビクビクと跳ねる。そのたびに断続的な締めつけが起きた。あまりの具合の良さに、射精をこらえるのもギリギリだった。

「はぁ……」

「う……っ……ふ、あ……ぁ……」

深月の胸が荒く上下する。

苦しそうに息をつきながら、呆然とこちらを見上げてくる。

肌はゆるやかに色づき、ひたいや首には玉のような汗が浮いていた。

力なく落ちていた深月の両腕が持ち上がり、こちらの首に回される。

「……好き、好き……好き……！」

引き寄せられるように、口元が重なった。

唇の形を確かめるようなぎこちない愛撫は、すぐにむさぼるような動きに変わった。舌先が、こちらを口内に迎え入れるようにからみつく。

味蕾《みらい》をこすりつけ、相手を感じながら唾液をからませる。深月の体が、快感をこらえるようにたわんだ。口内で溶けるような愛撫に反応し、膣穴がきつくしぼられる。深月の押し殺した吐息がもれる。

前戯どころではなかった。体はとっくに出来上がっていて、それをぶちまけるだけのような交尾。脳そのものがからんでいるような、深月のむき出しになった心を直接犯しているような感覚だった。

膣内がキュウキュウと締まる。

「あ、ぁ、あ……っ！」

深月がまたイった。快感に唇を合わせられなくなり、ピンと張りつめた体がぶるぶるとわななく。か細い悲鳴のような声。

奥が収縮し、亀頭を締めつけてくる。

ドロドロの熱い粘膜が、深月の快感を示すようにピクピクと痙攣《けいれん》する。

「あ、は、っ……、は、ぁっ……！」

浅い呼吸で懸命に息を継ぎながら、

「……ください……おねがいっ……！」

グリグリと腰を押しつけてくる。

濡れて張り付いた草むらの下で、ペニスが根元までのみこまれている。

あふれた愛液で、接合部はグチャグチャに泡立っていた。

「んっ、ぅ……」

深月に頭を抱えられ、再び口付けされる。舌が入りこむ。

上と下で、敏感な粘膜をヌルヌルとなぶられる。欲情をそのままぶつけてくるような深月の愛撫に、快感で脳みそが溶かされていく。

限界が訪れた。

とっさに腰を引こうとする動きを察して、深月が動いた。

「……っ！　抜かないでっ！」

腕がきつく背中に回される。

こちらの吐精を受け入れるように、深月の腰が密着する。決壊寸前のペニスが、深月の柔らかい胎内に突き刺さる。

「おねがい……！　中に……っ！」

自ら子宮を差し出すようなその体勢に、理性が持たなかった。

「くぅっ！」

快感が脳を焼き、押しとどめていた堰《せき》があふれた。

溜まりきった欲望が、ドクドクと噴き出る。

先端を突き立てた先の、深月の中に、子種が撒き散らされる。少女の部分を汚していく。

ペニスがきつく包まれた。

「ぁ、あっ、あ……！　だめ、だめっ！　あっ、あああぁ……っ!!」

深月の体が絶頂に張りつめた。

体の距離をなくそうとでもするかのように、強く密着してくる深月。

そのドロドロの体内の奥に、精液を吐きだしていく。

おたがいの体の境目がなくなるような、溶けていくような一体感。

経験したことのない快感だった。

時間の感覚がなくなるほどの、長い恍惚感のあと。

すべてを吐きだし終えると、目の前の光景が戻ってきた。

荒く息をつく。

「は……ふぅ……はぁ……」

「う…………ぁ…………」

身を起こすと、深月はかすかに声をもらしながらも目を閉じ、なかば気を失っていた。

まだ快感の波があるのか、ピク、ピク、と身を震わせている。

「……はぁ……」

弛緩《しかん》する深月の、太もものあいだから、ゆっくりと腰を引く。

中を満たしていたものが抜き取られ、秘裂から糸を引く。

その下端から、ドロリと白濁液があふれた。

「……ぁ……」

意識を取り戻した深月は、こちらが離れたのを見ると、けだるげに姿勢を変えた。

肘《ひじ》をついて身を起こし、膝を引き上げ、こちらに尻を見せつけるような格好になる。たわんだ尻肉のあいだに、抽送《ちゅうそう》で泡立った秘裂が見えていた。

深月がそこに手を添えると、あらわになったピンク色の陰唇《いんしん》から、白濁液がゴポリとこぼれ、太ももに垂れ落ちていった。

「……もう一回……します……？」

深月は茫漠《ぼうばく》とした瞳で言った。

「…………」

しばらく沈黙が続いた。

雄介が動かずにいると、深月は裏切られたような表情を浮かべた。こちらの目を見て、そこに望むものがないと悟ると、暗い瞳でうなだれた。

そして嗚咽をもらしはじめた。

「…………、……。ごめんなさい……、わかってました……。忘れて……ください……」

今度の沈黙は長かった。

服を直したあとも、雄介はあぐらをかいて、じっとそれを見下ろしていた。

心を丸裸にした少女の、深い慟哭《どうこく》。

それを見るうちに、言葉がぽつりともれた。

「おまえだけなら連れてってたさ」

深月が動きを止めた。

涙に濡れた瞳で、ゆっくりとこちらを見上げる。

中央ホールの戦いで知性体に咬まれたあと、深月に助けられたと知ったときの、頭に浮かんだいくつもの選択肢。

それらを思い出した。

「でもな、小さいのがいるだろ。あいつらはどうすんだよ。他に安全な場所があるかもわかんねえ。落ちつくまで何年かかるんだ？　隆司なんか、たかが盲腸で死にかけたんだぞ。なんかあっても責任とれねーよ」

雄介は、噛《か》んでふくめるように言った。

「俺は、二度と、ガキの面倒を見る気はない。見えない所でくたばるなら関係ねー。でもな、そばで見るのはごめんだ」

深月に視線を向ける。

「それともあの二人捨ててくるか。それなら連れてってやるよ」

聞こえているのかいないのか、深月はぼんやりとした表情で、こちらを見上げていた。

やがて、はっきりと首を振った。

雄介はうなずく。

「だろ」

深月の涙は止まっていた。

身を起こし、呆然としている。

その姿を見るうち、ふと雄介の眼差しが弱まった。

「……彼氏んとこに帰れよ。今ならまだうやむやにできるだろ。あいつに守ってもらえ」

深月はまだ思考がまとまらないのか、のろのろとした様子で言った。

「……彼……氏？　……高崎君のこと……ですか？」

「名前は忘れたけど……なんかいただろ、となりに。つきあってるって聞いたぞ」

「……え……」

深月は衝撃を受けたように黙りこんだ。

言葉の意味を吟味するように視線を落としていたが、その内心を示すように、表情が変わっていく。顔色が蒼白になる。

それから、呆然とつぶやいた。

「……だから……だから私と別れたんですか？　そう言われたから……ここに来たとき、すぐに……？　ずっとそう思って……？」

「……？　ああ」

「……うそ……」

うつむいていた深月が、ぱっと顔を上げた。

「なんで聞いてくれなかったんですかっ!?　ただの幼なじみなのにっ！　つきあってるなんて一言もっ！」

荒い語気の深月に、困惑する雄介。

その態度に、深月は我を取り戻した。

「あ……、そ……そうでした。……あのときはただの同行人で、そんなこと聞くような関係じゃ……」

そのままうなだれ、

「……そう、なんで……私はいつも……。……人任せで……」

両手で、赤面する顔を隠すように覆った。震える声がもれる。

「恥ずかしい……」

深月はしばらくそうしていたが、やがて覚悟を決めたように、居住まいを正した。

頬の涙をぬぐい、スカートを直し、正座で向き直る。

こちらを見る深月の姿は、憑き物が落ちたように、静かな雰囲気に戻っていた。

「……ごめんなさい。まずこの話からさせてください。スーパーで、私たちが襲われていたとき……、覚えてますか？」

「……ああ」

優が殺されたときのことだ。

深月はまっすぐこちらを見つめ、

「あのとき……あんなことを言って、本当にごめんなさい。……守ってくれなかったなんて」

言いながら、ふかぶかと頭を下げる。

「今まで、ちゃんとお礼を言えていませんでした。……あのとき私たちを守ってくれて、ありがとうございます。おかげで、私と弟は助かりました。……ずっと、そう言いたかったです」

その、不安を抱えながらも正面からぶつかるような瞳に、雄介は居心地悪そうに視線をそらした。

「まあ、気にすんな」

深月は首を振り、懺悔するように言った。

「私……たぶん、自分の責任から逃げてて……。それが、こんなに傷つけてるとは思わなくて……。本当に、ごめんなさい……」

「……変な言い方すんなよ。面倒なのは嫌ってだけだ」

気持ち悪そうな雄介の言葉に、深月は泣き笑いのような表情を浮かべた。

「……。……でも、ちゃんとお話しできてよかった。ずいぶん遠回りしましたけど……」

「…………」

考えてみれば、スーパーでの優の死から、ろくに話しもせずに別れている。

たまに顔を合わせても、おたがいに距離があった。そのわだかまりの原因、消化しきれていなかった亀裂に、初めて気づいたような気分だった。

雄介は立て膝に頬杖をつき、頭をかきながら、

「……まあ、なー……。変な嘘もつかれたみたいだしな。もうどうでもいいけど……」

膝に、柔らかく手が置かれた。

深月が身を乗り出してくる。

顔に影がかかり、唇に柔らかいものが押しつけられた。かすかに涙の残る瞳が、至近距離からの

ぞきこむ。

「……これも、さっきが初めてです。本当に……」

くすぐるような吐息がかかる。

うすく開いた唇が、こちらの口元をかすめるようになぞっていく。

それに反応しようとして、踏みとどまった。

「おい待て。それとこれとは話が別だ」

気持ちを伝えられても、深月たちを置いていくという決心は変わっていない。足手まといには変わりなく、それをひるがえすつもりもない。

ここでの出来事はもう自分の手を離れている。すべて終わったことだ。

だが、深月はつぶやくように言った。

「わかってます、考えてること。……でも、そうじゃないんです」

深月は手を離し、立ち上がった。

両足でしっかりと床を踏みしめる。

それから言った。

「私たちはここで生き残ります。何を利用してでも。……あの子たちは私が守ります。心配しないでください」

「……心配なんてしてないっつか……俺は出てくからもう関係ねーけど……。今の状況わかってんのか？　生き残るったって、おまえ一人でどうすんだよ」

「どうにかします」

その瞳には強烈な生命力が宿っていた。

「私、スーパーのあのときから、自分で動くべきだった。……生き残るために、まわりに目を閉ざさずに。できることは、たくさんあったのに……」

独白するように続けた。

「今ならわかります。自分の力で生きるってこと。武村さんがどんな風に世界を見ているか、なんとなくわかりました」

「……。……それで？」

深月は媚びも何もない、柔らかな笑みを見せた。

「私一人でもできることは多いんです。今回のことだって……。それを自覚するだけでよかったんだ」

「……」

西庁舎と中央ホール、惨劇の夜の経験が深月を変えたのか、今までにない瞳だった。

雄介はポケットを探り、拳銃のグリップを引き出した。

「……持ってけよ」

深月は首を振った。

「それは武村さんが持っていてください。私は私の方法で戦います」

「……。そうかい」

ふいに深月が声をもらす。

「あ」

お腹に手をやり、頬を染める。

「……垂れてきました」

恥ずかしそうに小さく笑う。

それから切なそうに目を伏せ、

「もっと早く気づいていれば、私も……、……いえ」

言葉を切り、顔を上げた。

「……お別れです。お体には気をつけて。……さようなら。……」

最後の言葉は形にはならず、やるせなげな瞳にのみこまれて消えた。

深月は振り返らずに立ち去った。

「…………」

部屋に一人残される。

渡しそびれた銃のグリップを、雄介は無言でながめた。

「どうにか……？　なるかよ……」

小さくつぶやいた。

第十一話　脱出

西庁舎の一室。

市役所の崩壊の発端となった男は、そこにいた。

大怪我を負い、手足も拘束されていたが、まだ生きていた。

会議室を襲撃し、多くの人間を殺した男。

深月たちを監禁し、無線機ごしに要求を突きつけてきたその声に、雄介は激しい嫌悪感を覚えたが、実際に姿を見てみると、凶悪な殺人鬼には見えなかった。ややくたびれたコートを着た、どこにでもいそうな男だった。

男は痛みをこらえるようにうずくまっていたが、雄介が部屋に入ると、わずかに顔を上げた。口元から胸は吐血で赤黒く汚れている。表情は苦痛にゆがんでいるが、瞳は暗い。何も映していないようだった。

「……」

雄介は無言で、その姿を見下ろした。

右手のショットガンを見ても、男はなんの反応も見せない。

部屋の壁には、飛び散った血がこびりついている。この男に、このショットガンによって射殺された人質のものだ。雄介はその女の顔も知らないままだった。

だが、男の顔を見て、雄介は殺意が萎《な》えていくのを感じた。

佐々木はこの男を殺さなかったようだが、顔は青白く、もうすでに死にかけている。内臓を傷つけたらしく、おびただしい吐血の量だった。

「……が……っ……」

男が激しく咳《せ》きこむ。鮮血が飛び散る。

雄介はそれを無視し、肩にかけていたバッグを下ろして、壁際に座りこんだ。

つけっぱなしのイヤホンは、市役所で飛び交っている交信を拾っている。バッグには小型ラジオもあり、そちらからは雑音混じりの音声が流れていた。男が市庁舎に設置した盗聴器の信号だ。運営本部や会議室を盗聴し、襲撃の計画を練ったらしい。

雄介はため息をついた。

ここまで悪意を持って動かれるとどうにもならない。

奥にならんだ窓ガラスは、何枚かが割られている。調達班がこの部屋に突入した時のものだろう。ブラインドは上げられ、淡い月明かりが全体に差しこんでいた。

雄介はぼんやりと、それらに視線をさまよわせた。

「……逃げないのか……」

男が、しぼり出すように言った。

雄介は言葉を返した。

「そんなに殺したかったか」

「……」

「理解できねえな……」

「……そうか？」

含みのある声音だった。

西庁舎で暴れた男のことを思い出したのは、つい先ほどのことだった。

深月と別れたあと、ずっとわだかまるものがあった。そのもやもやしたものを消そうと、男を殺しに来た。

だが、男は雄介が手を下すまでもなく、目の前で死にかけている。

それは、鏡を通して自分の死にざまを見るような不快感だった。

この男は殺人鬼だが、この男の気が触れているというなら、自分も気が触れているだろう。

「………」

無言の雄介に、男は何も言わなかった。

無線では、社長が懸命に全体の統制をとろうとしている。

守りを固めて、まだ脱出するつもりはないようだ。

雄介はため息をつき、知性体のことを考えた。

(あいつらが攻撃を控えているのは、仲間の消耗を嫌ったからだ)

最初の襲撃では、雄介が知性体を三人殺している。小手調べでそれだけ失ったのだ。数の少ない向こうにしてみれば痛手だろう。

知性体の同胞意識は強い。咬まれて昏倒した時に見た夢の中で、雄介も感じていた。あの群れとしての一体感。

今度は仲間に損害を出さないよう、大群で来るはずだ。

死体の撒き餌によるゾンビの誘引方法は、もう覚えただろう。あるいはその死体を確保するための最初の襲撃だったのかもしれないが。

市役所の人間が脱出するのは今をおいてないのだが、あれだけの死人が出たあとだ。

リーダーとなった社長は、行動を起こすことに躊躇《ちゅうちょ》している。

今度はひどいことになるだろう。

(この状況で生き残るったってな……)

深月の、別れ際の言葉を思い出す。

どうにかして生き残ると言ったが、ここからはもう、個人の力でどうにかなる状況ではない。

女子供も区別なく死ぬだろう。

しかし、深月の目は真剣だった。

(……あいつがな……)

最初にスーパーで出会ったころは、甘ったれたガキにしか見えなかった。

それが、いつの間にか変わっていた。

深月の告白は、死を前にしたこの極限の状況で、ただ自分の気持ちを伝えようとするものだった。

(…………)

窓から部屋に視線を戻す。

男は声もなく死んでいた。

拘束された体が、突っ伏すように崩れている。

その瞳は見開かれたままで、生前と同様、何も映してはいなかった。

雄介はショットガンを手に、億劫《おっくう》げに立ち上がった。

◆◆◆◆

「それは本当かっ⁉」

社長の怒声が、廊下に響く。

船着き場に向かった調達班から、対岸にゾンビの大群がいると報告が入ったのだ。

脱出用の船が無事か確かめるため、調達班の半数が向かっていたのだが、そこから知らされたのは危機的な状況だった。

「すぐ戻れ！　守りを固める！」

『そんな話の数じゃない！　屋上から見ろ！　やばいぞ！』

相手の声もうわずっている。

絶句した社長は、すぐに見張りの人間をやる。それから自分もテラスに出て、地上を見ようとした。

そこで、先客の少女を見つけた。

「…………」

手すりをにぎりしめ、遠くをじっとながめている。長い黒髪は風になびき、感情を押し殺したような表情をしている。

地上の様子はあまり遠くまでは見渡せなかったが、少女の視線の先、橋の向こうで、餌を求める虫の群れのように、不規則に集まってくる人影を見ることはできた。

その数が尋常ではないことも。

屋上からの無線で、反対側も同じような状況になっていることがわかった。

「防御を……」

言いかけてとぎれる。

先の戦いで生き残っている者はみな、極度の疲労と睡眠不足で弱っている。階段の多い二階では守りきれないだろう。

非戦闘員は四階の市議会議場に集められているから、そこまで後退して守ることになるが、押し返せるような数ではない。籠城して耐えられたとしても、四階には食料も水もない。なまじ人数が多い分、数日とたたずに地獄絵図になるだろう。

社長は歯がみする。

(こうなることを知ってたのか?)

雄介の、醒めたような表情を思い出す。

手詰まりになりかけている状況に、焦りが強くなる。

しかし、すぐに我に返った。今指示を出せる人間は自分しかいない。女医の牧浦は、雄介の離反からほとんど抜け殻のようになっている。

「西階段を地下まで確保しろ！　全員を誘導する！」

屋内に戻り、無線で警備の配置を換えて、残っていたわずかな人手を使う。

全員を守る方法はもうない。

あとは、どれだけの人間が生きのびられるかだった。

◆◆◆◆

地下駐車場にあるトラックに分乗しての、市役所からの脱出。

船着き場のメンバーに伝えられたのは、その計画だった。

調達班が運搬に使っていたトラックを数台。それに避難民を詰めこみ、船着き場まで向かう。

停泊しているプレジャーボートと、それに牽引《けんいん》される台船に乗り移り、川に逃れる。台船は土砂運搬用のものだから、安全性を度外視すれば、一気に全員を乗せることができる。

ただ、トラックはバン型の貨物用で、それに人間を詰めこむのだから、移動するだけで怪我人が出る。船着き場での混乱も予想できた。

一階のゾンビはまだ完全に掃討されておらず、地下の安全も確保されていない。調達班の半分は船着き場にいて、戦力も少ない。

それでも、他に方法がないだろうことはわかった。

船着き場から見えるのは、対岸をすこしずつ市役所に近づいてくる、ゾンビの大集団だ。

船の離岸準備はしているが、どうしても浮き足立つ。

船着き場のまわりに車両を置いて、すこしでも盾になるようにしているが、大群が現れたらひとたまりもない。

双眼鏡をのぞいていた佐々木が、息をのんだ。

無言で渡された双眼鏡を工藤は受け取り、佐々木が指さす方向をながめる。

対岸とを結ぶ橋の、欄干の下に、死体がいくつもぶら下がっていた。

獲物の血抜きをするように、逆さまになった人間が首をかき切られている。垂れ流しになった血は川下に流れていた。

どす黒い衝撃が工藤の胸中を襲った。

こちらへの悪意が形を取ったような光景だった。

「まずい」

佐々木のつぶやきに我に返る。

視線を上げると、すでにゾンビが橋を渡り始めていた。このまま道路にあふれると、トラックでも突破できなくなる。密集したところに乗り上げれば、横転して大惨事になるだろう。

佐々木が無線機に急ぐように怒鳴っているが、避難民の動きはにぶい。

最初の襲撃を生きのび、不安の中でやっと体を休めていたところだ。夜が明けるまであと数時間、人間がもっとも緩慢になる時間帯だった。

◆ ◆ ◆ ◆

時間を削られた。

移動計画はすぐに伝えられたが、一部の人間が移動を拒み、議場に残ろうとしたことで、大幅に
暗闇の駐車場、おぼろげに光るテールライトの前を、人間たちの影が横切っていく。

怒鳴り声の中を、避難民がトラックに乗りこむ。

「急げ急げ！　走れ！」

社長は説得を諦め、罵声を浴びせて力ずくで動かした。

それで恨みは買っただろうが、決死の迫力に対抗できる人間はいなかった。

全員が地下に集まったところで、階段を守っていた人間も呼び戻す。

社長は助手席に乗りこみ、無線機に怒鳴りつけた。

「出るぞ！」

『待て！　もう役所の前まで来てる！　数が多すぎる！　突破は無理だ！』

「な……」

『おとりを出して引きつけろ！　途中で止まった車は捨てろ！』

その極限の言葉に、一瞬、社長の脳裏を走馬灯のように、さまざまな思いが流れた。

運転席に座っていた仲間と目があう。

長い付き合いの部下が、引き留めるようにこちらを見ている。

すぐに決断した。

トラックを降り、調達班の使っていたワンボックスのバンに向かう。

自分がおとりになるつもりだった。

自分の判断の遅れがこの窮地を招いたのだ。

運転席に乗りこみ、発進しようとしたそのとき、

『一分だけ待ってください！　サイレンで引きつけます！』

無線機に飛びこんできたその声に、社長は度肝を抜かれた。この場にそぐわない少女の声だった。

問い返す間もなく、次の瞬間、にぶいサイレンの音が聞こえてきた。

市役所の屋上にあるスピーカーからのものだ。

四階の防災課にいる誰かが、放送設備を操作したのだ。

そのことに社長はぞっとした。

「何してる！　まさかまだ上にいるのか!?」

答えは返ってこない。

生き残りの点呼をする余裕もなく、目視で全員を集めたが、それが裏目に出た。まだ人が残っていたのだ。

遠いサイレンの音だけが、壁ごしに響く。

社長は無線機に何度も呼びかけたが、返答はなかった。

しばらくして、少女の声が言った。

『発車してください！　前の道路が空きました！』

「おまえはどうする⁉　早く下りてこい！」

『あとで合流します！　行ってください！』

その断固とした口調に、どうやって、という言葉を飲みこむ。後ろには、脱出させるべき大量の避難民がいる。

「……くそっ！」

社長はアクセルを踏みこんだ。

◆　◆　◆　◆

無人の市庁舎は静まりかえっていたが、四階の緑化テラスでは、サイレン音が鳴り響いていた。

深月は庁舎前の道路を見下ろしながら、社長と交信していた無線機を下ろした。

屋上のスピーカーから流れるのは、神経を逆なでする緊急避難用のサイレンだ。大音量のそれにひかれるように、道路に散らばっていた影が市役所に集まってきている。バリケードを乗り越え、玄関や窓に取りつこうとしている。

その動きで空いた車線に、バンが躍り出た。

何体かゾンビを引っかけるが、そのままはじき飛ばしていく。

あとに数台のトラックが続く。

橋からの流入は続いていたが、密度のうすいところを突破に成功した。

船着き場に向かうその車列の姿を、深月は視線で見送った。

一番前のトラックには、幼い弟と、ついに名前を聞けなかった女の子の二人が乗っている。

必ず合流するからと言い聞かせ、トラックに乗せた。そのときの二人の顔を思い出し、深月は手すりをにぎりしめてうつむいた。

深月に車列を追う手段はない。

脱出できるかどうかも賭けだった。

「……っ！」

自身を鼓舞するように顔を上げて、深月はきびすを返した。

一階の道路側は、もうゾンビに侵入されている。裏口に向かうために、無人の廊下を走った。

すこし前まで多くの避難民が生活していた市庁舎は、荒れ果て、見る影もなかった。

開けっ放しの扉に、打ち捨てられた私物。転がったダンボールから配布途中の物資がこぼれ、壁に張られたままの掲示物には血痕がこびりついている。

下の階からは、死者たちのうごめく音が聞こえた。

二階と三階には、市庁舎で続いた惨劇の濃厚な血臭が残っている。ゾンビたちが上ってくるのも時間の問題だった。

深月は入り口から遠い階段を選び、踊り場に飛び下りるようにして下っていった。危うげにバランスを取りながら、ようやく一階が見えたところで、下の廊下を黒い影が横切った。とっさに手すりをつかんで立ち止まる。

足音の残響がわずかに残っていたが、影は反応しなかった。

引きずるような足音が、ゆっくりと遠ざかっていく。

一階をうろついていたゾンビだろう。

速くなる呼吸を抑えながら、深月はすくみかけた手足に力をこめた。

一番怖いのは怪我でもなんでもなく、恐怖で動けなくなることだ。

そのことは西庁舎で思い知っていた。

しばらく待ってから、一階に下り、慎重に左右を見渡した。

人影はない。

エントランスの方からは、侵入したゾンビたちの物音が続いている。あまり時間はない。

裏口付近は職員用のエリアのため、通路はせまく、殺風景だった。足音を抑えて歩きながら、ガラス張りの喫煙室と、自動販売機のならぶ休憩スペースに出る。

そのとき視界のはしで、何かが動いた。

(っ!?)

光の消えた自動販売機の、わずかな隙間に隠れるように、女が座りこんでいた。

ゾンビではない。怯えた形相でこちらを見ている。

顔に見覚えがあった。

西庁舎で立てこもった男たちの中にいた、犯人グループの女だ。

(逃げてなかったの⁉)

西庁舎の鎮圧後、行方不明になっていたのは知っていた。市役所の人間が探していたが、まさかまだ残っていたとは。

(一緒に逃げれば良かったのにっ)

殺されると思ったのか。自分から投降していれば、ここよりは安全だったろうに。

サイレンは鳴り響いている。

ゾンビは近づいている。

深月は見捨てようとした。

助ければ時間のロスになる。

(……くっ!)

自分たちを害そうとした人間だ。自業自得だと思った。思ったが、深月がゾンビを市庁舎に引きつけたことで、この女のわずかな生存の時間をせばめたのはたしかだった。

「こっち！　早く！」

深月が足を踏み出すと、女は悲鳴をあげて逆方向に走り出した。気が触れたような仕草で、転げるように駆けていく。

「違う！　そっちは！」

エントランスに向かっている。すでに大量のゾンビが入りこんでいる方角だ。

追いかけようとして、踏みとどまった。これ以上は助けられない。

振り向いて駆け出そうとして、裏口への通路の先に人影が見えた。ボロボロの服装から、正体は一目でわかった。ゾンビだ。

通路はせまく、すり抜ける余裕もない。

奥からさらに一体が現れた。

遠回りになるが、もうひとつの出口を使うしかない。

駆け出そうとして、固まった。先ほど階段の下でやり過ごした相手が、角からこちらに回りこんできていた。

後ろから女の絶叫が聞こえた。

エントランス側も戻れる状況ではない。

逃げ道をふさぐようにゾンビたちが近づく。こちらを見つけると、咆吼《ほうこう》するように口を開け、突進してきた。

逃げ場所は近くのドアしかなかった。

転げるように入り、音を立てて閉める。

ガラス張りの喫煙室だ。

深月は後ずさり、周囲を見渡した。

他に出口もなく、長椅子と灰皿があるだけだ。武器になるようなものもない。たとえ銃やナイフがあったとしても同じことだ。深月の腕では威嚇にしかならず、恐怖を覚えないゾンビが相手では役に立たない。

扉は鍵もない内開きで、ドアノブを回せば簡単に開く。一体のゾンビがドアに、二体がガラスに張りつき、中に入ろうともがいている。傷つき白濁した目がこちらをにらむ。赤いペンキを塗りたくるように、血の跡がガラスを汚していく。

無線機が鳴った。手の中ににぎりしめたままだった。

『サイレンを鳴らした奴、聞いてるか！　船着き場についた！　ちゃんと合流するんだろうな⁉　こっちにも近づいてる！　いつまでもは待てんぞ！』

社長の焦ったような声。

返事を返そうとして、言うべき言葉がないことに気づいた。

こちらの合流するという言葉を信じて、ぎりぎりまで待つつもりなのだ。

深月は無線機をにぎりしめたまま、その場に立ちつくした。

扉はゾンビの圧力できしんでいる。開けて逃げようとしても、その前になだれこんでくるだろう。取るべき方法が思いつかなかった。脱出を諦めて、船のためにそれを伝えるべきなのか。心が恐怖に支配されそうになる。

（……いやだ！）

黒塗りの恐怖を、意志の力で塗り潰した。

生き残ると決めたのだ。

一か八か、身を固めてドアから逃げようとした。

次の瞬間、外から爆音が響いた。

ガラスに張りついていたゾンビの一体が、衝撃に引き剝《は》がされた。

銃声だった。

再び爆音。

残っていた二体がまとめて吹き飛ばされた。ガラスに白いヒビが入る。

通路の奥から、人影が現れた。

バッグを肩にかけたまま、ショットガンのポンプを操作し、ポケットから取り出した弾丸を装塡《そうてん》している。

そのままゆっくりとした足取りで、喫煙室のドアを開いた。

「…………」

暗がりで表情は見えない。耳につけていたイヤホンを外し、深月が何か言う間もなく、強引に手を取って歩き出した。

雄介だった。

廊下の物音が激しくなる。ゾンビたちが銃声に反応したのだろう。

雄介は無表情のまま、深月を引きずるように歩いた。

怒りをこらえているようにも見えた。

「あっ、あのっ！」

雄介はちらりと視線を下ろし、深月のにぎりしめていた無線機をむりやり取り上げた。そのまま口元に当て、硬い声で発信する。

「聞いてるか？　船を出せ。裏の公園の岸に寄せろ。そっちで合流する」

『なっ……武村か！』

「ライトで合図する。ちゃんと見つけろよ」

交信を打ち切り、深月を振り返る。

「これでいいんだろ？」

「……は、はい……」

そのまま雄介に固く手をにぎられて、走る。

とっくに市庁舎を離れたと思っていた。

状況の変化に頭がついていかず、ふわふわと足元がおぼつかない。

裏口の通用路から、公園に出た。

あたりは暗く、木立のかげからいつゾンビが出てくるかわからない。危険な状況だったが、不安を感じる余裕もなかった。

雄介は向かう場所をはっきり知っているようだった。足取りは迷いなく、合流地点に向かっている。

やがて見えてきたのは、川沿いの遊歩道で、市役所の人間が水くみに使っていた場所だ。ロープをくくりつけられたバケツが、手すりにそって置かれている。

深月はこのロープを使って、川面のボートに合流するつもりだった。

思わず雄介に聞いた。

「な、なんでわかったんですか？」

給水班で働いていた時の記憶から、とっさに思いついたものだ。危険だが、全員が生き残るにはそれしかないと思った。深月の頭の中にしかない計画だった。

「よく水くみしてただろ」

ぶっきらぼうなその言葉に、一瞬、声に詰まった。

会話どころか、ほとんど顔を合わせることもなかった時期のことだ。それでも知っていてくれた。その思いが深月の言葉を失わせた。

遠くから、プレジャーボートのエンジン音が近づいてくる。

雄介は右手にショットガンを構えて、周囲を警戒したまま、左手のライトを回し、ボートに合図を送る。

こちらに気づいたのか、ボートと台船がゆっくりと岸壁に寄ってくる。台船は水面に浮かぶ箱といった風情で、それに人が密集している光景はいかにも危うげに見えた。

雄介の手で、深月の腰にロープが巻かれる。一気に落ちないよう、手すりにも巻きつけて遊びを作っていく。

されるがままの深月を、雄介が腰から抱き上げて言った。

「下ろすぞ。ロープちゃんとにぎってろ。……もうムチャすんなよ」

言葉が思いつかなかった。言われるがままロープにしがみつき、手すりを越えて下ろされる。

手繰りでロープが伸ばされ、岸壁がゆっくりと頭上に遠ざかる。船から照らされるライトが深月に集中した。

ロープは不安定に揺れたが、台船からいくつも腕が伸び、下りる深月を受けとめた。緩衝材の古タイヤが岸壁に当たり、暗い水面が波打っている。恐怖を感じる状況だったが、深月はただ、頭上の雄介を見つめることしかできなかった。

操舵室でハンドルをにぎる工藤も、デッキから身を乗り出す佐々木も、台船で不安げに身を寄せ合う避難民たちも、すべてが、暗がりに立つ雄介を見つめていた。

「武村！　おまえも来い！」

社長の怒鳴り声。

簡潔なその言葉に、雄介は苦笑したように見えた。

「厄介な奴らがいるって言っただろ！　あいつらに山まで追われたら終わりだ！　どうせスピードも出ないだろ」

プレジャーボートだけならともかく、台船を曳航《えいこう》している。ほとんど速度は出せなかった。

「しばらくこっちで引きつけといてやるよ」

雄介はショットガンを肩に、市庁舎を遠目に見る。

船に乗るすべての人間が見守る中、雄介は、ゾンビたちの巣窟となった場所へ、あっさりときびすを返した。川べりから離れ、その姿が見えなくなる。

消えた幻影を追うように、深月はしばらく呆然としていたが、我に返り叫んだ。

「……ま、待ってます！　ずっと待ってますからっ！」

その声は無人の岸壁の下で、川面を響き渡って消えていった。

第十二話　知性体

市庁舎の市民ロビーは暗く、侵入してきたゾンビたちの影が、幽鬼のようにさまよっていた。

一階はゾンビの侵入にそなえてもともと使われていなかったが、犠牲になった人間の死体はいくつも残されている。それらにゾンビが群がっていた。

ショットガンでその後頭部を吹き飛ばしながら、雄介はゾンビという存在に、それまで感じたことのない不快感を覚えた。市庁舎の人間を仲間と思ったことはほとんどないが、知った顔が死体となってゾンビに喰われている光景は、やはり気持ちのよいものではない。

ゾンビたちはさらなる獲物を求めて、二階にも上がっている。会議室には最初に犠牲になったリーダーたちの死体がまだ残されていたから、そこにも集まっているだろう。

足早に廊下を歩きながら、こちらを見ようともしないゾンビたちに弾丸を撃ちこんでいく。当たったのもあれば、体をえぐっただけのものもある。頭部を破壊しなければゾンビは動き続けるが、当たるに任せてろくに狙いもつけず、雄介はショットガンの引き金を引き続けた。

(ヘッドホンしてりゃよかったな)

せまい屋内だ。銃声の反響で耳がバカになっている。知性体の気配をとらえるために耳栓はせずにいたが、これではどのみち使い物にならなそうだ。

しかし、この轟音は周囲にも聞こえているはずだ。

知性体にも。

奴らが、自分という異物と、避難民のどちらを優先するのか、雄介にもわからなかった。

(仲間を三匹も殺してやったんだ。こっちが憎いだろ)

目についたゾンビを駆除しながら、庁舎の入り口までたどりつく。

玄関で固まっていたゾンビをまとめて吹き飛ばし、空薬莢を落として次の弾を装塡《そうてん》する。道路に面した短い階段を下りて、そこで、正面道路をはさんだ向かい側に、複数の人影を見た。

(来たか)

雄介は小さく息をつく。

距離をおいて、ぼろぼろのロングコート姿の男がこちらをまっすぐ見つめていた。皮膚の剝《は》がれた顔。腰に鉈《なた》をぶら下げ、鬼火のような瞳をこちらに向けている。髑髏《どくろ》男だ。

後ろには仲間らしい知性体が数人、従うように立っている。

雄介は銃口を下ろし、知性体の群れをながめた。

相手はこちらを見つめたまま、微動だにしない。

それでも、ピリピリとした激しい憎悪は伝わってきた。

(……なんでかあいつらの気持ちがわかるな。わかりたくねーけど……)

ゆっくりと息を吐き、自分に言い聞かせる。

(時間を稼ぐだけだ。適当に相手して逃げる)

危険になればすぐ離脱する。

できるところまでやるだけだ。

ここを切り抜けたとしても、街は離れるつもりだった。もう深月の顔を見ることもないだろう。

(人の縄張りをさんざん荒らしやがって)

そばを通ろうとした知能のないゾンビを吹き飛ばし、それに相手が反応したのを見て、雄介は庁舎内にきびすを返した。


敵はおそらくこちらを包囲しようとしてくるだろう。それを避けるために、雄介は一ヵ所に留まらず、市庁舎の中を動きまわった。

二階の通路は暗く、窓からの月明かりだけが足元を照らしていた。暗がりに隠れた場所も多く、そういった場所はなるべく避けて進んだ。

大勢のゾンビが徘徊《はいかい》しているため、足音についてはあまり気にする必要はない。獲物を求めたゾンビが二階から上にも上がっていて、それらの物音で市庁舎は騒然としていた。

ただ、それは知性体が普通のゾンビにまぎれこめることも意味する。ゾンビが固まっているところは避けて、待ち伏せを受けないよう注意した。

途中で、異様な雰囲気の部屋を見つけた。中から強い血の臭《にお》いと、大勢のゾンビのいる気配がした。近くのゾンビが、入り口から吸い寄せられるように入っている。

戸口からわずかにのぞくと、部屋の正体がわかった。

市役所を運営していたリーダーたちが、会議中に男たちに襲われたことは聞いていた。その後にゾンビの襲撃が続いたため、死体を運ぶ余裕もなかったのだろう。残されたそれらにゾンビが群がっていた。

(ちっ……)

内心で舌打ちする。

床は血の海になっていて、死体の形も定かではない。嫌悪感をもよおす光景だったが、銃で駆除している余裕もない。

諦めて顔を戻したそこで、廊下の先にいた男のゾンビと目があった。

(!)

知性体だ。

はじかれたようにこちらに走り出す。

しかし、こちらが相手をとらえるほうが早かった。

散弾が肩をはじき、肉片を飛び散らせる。

相手はバランスを崩して、よろけるように倒れた。

その様子に、雄介は舌打ちをする。

(足を狙わねーと)

ダメージは与えたが、致命傷にはほど遠い。散弾の衝撃で体の動きは鈍っているようだが、相手はもがきながらも立ち上がろうとしている。

雄介はポンプをスライドさせ、狙いをつけながら数歩近づいた。

こちらがとどめを刺そうとしているのに気づいたのか、知性体が予想外の動きを見せた。

逃げようとしたのだ。

ふらつきながら立ち上がり、よろよろと背中を見せて歩きだす。

雄介はすこしの躊躇《ちゅうちょ》のあと、その背中に散弾を撃ちこんだ。

右脚の付け根がえぐれ、男の体が、再び床に崩れる。

これで移動能力は奪った。

雄介はさらに歩み寄る。

確実に頭を吹き飛ばせる位置まで近づき、引き金を引こうとしたところで、男がこちらを見た。

無機質な瞳だった。

引き金を引く。

銃声が響き、男の頭部がはぜた。

床と壁に、中身が飛び散った。

「…………」

雄介はポケットに手を突っこみ、弾丸をにぎりしめた。

敵が思いがけず見せた人間性に、不愉快な気分だった。

(ゾンビならゾンビらしくしてろよ……。くそ、んな場合じゃねーな。移動しねーと)

銃声でこちらの位置がばれた。他の知性体が寄ってくる前に、急いでここを離れなければならない。手早く弾を装塡し、雄介は廊下を走り出した。

雄介の持つショットガンの威力を敵も把握しはじめたらしく、正面からは仕掛けてこなくなった。かわりに知性体の一人が、離れた場所からずっと追跡してくる。

角を曲がり、階段をのぼり、移動を続けても、なかなか振り切れなかった。

(四階まで追われたらきついな)

走りながら、逃走経路を考える。

返り討ちにしようにも、一定距離からは近づいてこない。こちらの位置をとらえながら、仲間と包囲するつもりなのだろう。

建物の構造を把握している分、まだこちらが有利だが、敵の数が多い。知性体を引きつけるという目的は達成できているが、それで逃げられなくなれば本末転倒だ。どこかで振り切る必要があった。

壁沿いのラウンジからバルコニーに出て、屋上庭園を移動する。見晴らしがいいので、姿をさらさずに追ってくることはできない。後ろに追っ手を警戒しながら、途中の非常口から中に入った。

道なりに細い通路を進むと、オープンカウンターの執務室に出た。大部屋に事務机がならんでいる。このあたりは避難生活のあいだもほとんど手をつけられていないため、市役所だったころの雰囲気を残している。

移動先を考えながら視線を巡らせていたそのとき、部屋の反対側に何かがいるのに気づいて、雄介はぎょっとした。

月明かりに浮かぶ長い黒髪。

女だ。

遠いデスクの上に立ち、こちらを見下ろすようにながめている。

手には棒状の長物を持っていた。

(……?)

雄介は銃口を向けながら、違和感にかられた。

相手は堂々と姿をさらしているが、こちらまで距離がある。あいだに障害物も多く、これではただの的だ。知性体がそんな愚を犯すとは思えない。

次の瞬間、人影が跳んだ。

セーラー服のスカートをひるがえし、書類や文具を蹴散らしながら、デスクの列から列へとジグザグに跳びせまってきた。

「まじかよっ!」

とっさに狙いをつけるが、相手は俊敏だった。暗闇にまき散らされる小物が目くらましになり、撃つ寸前で横に跳ばれてしまう。

ポンプをスライドさせ、二発目を撃とうとしたところで、強烈な悪寒が走った。

女が長物を振りかぶり、こちらに投げようとしていた。

衝撃音。

とっさにしゃがみ、デスクに隠れたが、頭上の壁には槍が突き立っていた。砕けた壁のほこりが舞い散る。

すぐそばに気配がせまっていた。

無我夢中で動いた。

「つらぁっ！」

ショットガンを持ち替え、立ち上がりながらストックを叩きつける。

デスクに着地しようとしていた女の、見開いた瞳と目が合った。ストックは胴体にまともにぶち当たり、跳ね飛ばされた女の体が、デスクの向こうに転がり落ちていく。

（とどめ刺さねえとっ！）

目の前の敵が脅威であることははっきりしていた。銃を構えてデスクを回りこもうとするが、その途中で、背後から別の知性体が現れた。

（くそ！）

雄介の持つショットガンは三発までしか弾を装填できない。弾切れになれば大きな隙を見せることになる。

女の始末は諦め、新手の知性体を銃口で牽制しながら別の出口まで走る。

外に出ると、集まってくる敵の気配があった。

（やべえ）

雄介はとっさに周囲を見まわし、人影のない方角へ走り出した。

◇◇◇◇

逃げる途中で知性体を一匹始末したが、それもほとんど幸運に助けられてのものだ。市民ギャラリーを抜けようとしたところで襲われ、とっさに引き金を引いた。たまたま頭を吹き飛ばしたが、外していれば捕まっていた。他にも何度か、危うい場面があった。

雄介は荒い息を整えながら、地下駐車場の扉のかげに座りこむ。

(あーくそ……)

いつでも撃てるようショットガンを抱えながら、耳をすませて気配を探る。

ドクドクと脈打つ自分の心音に邪魔されるが、しばらく待っても、階段を下りてくる足音は聞こえなかった。

敵はなんとかまいたようだ。

(ここまでだな)

知性体はあまり減らせなかったが、それなりに時間は稼いだ。潮時だろう。

地下駐車場からバイクで脱出する。

肩にかけていたバッグから手探りでライトを取り出し、銃身にテープで巻きつけていく。

バイクを停めてある場所は覚えているが、地下は完全な暗闇だ。不意打ちを避けるためにも明かりは必要だった。街を脱出してしまえば、もうこのショットガンを使う必要もなくなる。

準備を終えると、雄介は立ち上がった。


地下駐車場は静まりかえっていた。

あたりに広大な暗闇が広がっている。

ライトが照らすのは前方のわずかな空間だけだが、暗闇から見れば、それは灯台の明かりのように目立っているはずだ。どこから襲われても不思議ではない。無防備な感覚に足が速くなる。車や柱の影をライトで追い払いながら、ショットガンを構えて小走りに進む。

バイクは記憶通りの場所にあった。

(ふう……)

思わず安堵の息をつく。

手早く荷物をのせ、バイクにまたがる。

最後に周囲を確認したあと、キーを回した。

エンジンはかからなかった。

(なに?)

もう一度回すが、まったく反応しない。

故障のはずはない。メンテはいつも欠かしていなかった。

シートを降りて、車体にライトを当てると、エンジン部分がねじ切られるように破壊されていた。

(………な)

驚愕が、動揺に変わった。

（つ、先回りされた⁉　いや、これが俺のバイクだとわかるはずが……）

そこで戦慄《せんりつ》とともに、雄介はひとつの光景を思い出した。

髑髏男。

大学キャンパスで、初めてそれと遭遇したとき。

奴はこのバイクを見ていた。

キャンパスの正門前、燃える並木の下。

そこでバイクに乗り、自らと対峙する雄介の姿を。

次の瞬間、暗闇から斬撃がきた。

バイクごと倒れこむようにして、かろうじて避けた。カウルがコンクリートにぶつかり、大きな反響音が響く。

敵の気配はすぐ近くにあった。まともな体勢も取れず、体を痛めながら、勘だけでコンクリートの上を転がる。ライトの明かりが暗闇を踊る。

距離を取って身を起こし、ショットガンの銃口を上げる。

それより先に、敵からの発砲音がした。

（つ⁉）

続く爆発音。

熱波と爆風が顔に叩きつけられ、反射的に腕で顔をかばう。

鼓膜が痛み、麻痺したようになる。

ようやく目を開けると、地下駐車場の光景が炎の中に浮かびあがっていた。

炎上していたのは、雄介のバイクだった。

それを背に、髑髏男が立っていた。

頬肉の削げた横顔。

鬼火のような眼窩《がんか》。

背中に風圧を受けてコートをなびかせながら、こちらを観察するようにながめている。左手には鉈を下げ、右手には小ぶりな制式拳銃を持っていた。

髑髏男は用済みとばかりに拳銃を捨て、炎の照り返しを受けながら、こちらに歩き出した。

茫然自失の状態だった雄介は、それで我に返った。

(つざけんな!)

ショットガンの銃口を向けて、引き金を引く。

だが、発射する直前に逃げられた。射線は柱に遮られ、銃弾はコンクリートの破片を撒き散らすにとどまった。

「……」

雄介はあとずさる。

状況は悪化していた。

予備の銃弾の入ったバッグは、バイクのそばに置かれたままで、すでに火が燃え移りそうだ。暴発の可能性もあるため回収は論外で、近くにいるのも危険だった。

ポケットに残っている残弾は、五、六発。

バイクが破壊された以上、逃走手段はない。今の地下駐車場には、燃料の抜かれた車しか残されていない。

（…………）

それらが頭に浸透するにつれ、じわじわと心臓が冷えていく。

こちらの焦りをあざ笑うように、柱から柱に、髑髏男の影が走った。

反射的に引き金を引こうとするが、危ういところで踏みとどまった。

もう一発も無駄にはできない。

弾が尽きればなぶり殺しだ。

ここで対峙したままでも、状況は悪くなっていく。

場所が開けすぎている。暗がりで死角も多い。

上からさらに敵が来れば、どうにもならなくなる。

（……っ！）

わき上がる焦燥感を抑えこみ、雄介は命綱と化したショットガンを手に、地上へのスロープを駆け出した。

◇◇◇◇

外では、月明かりがアスファルトの道路を照らしていた。

地上に出た雄介は、周囲を見て近づく人影がないか確かめたあと、橋に向けて走った。

徒歩では知性体を振り払えない。逃げるには車かバイクが必要だが、近くにある車両はとっくに燃料を抜き取られている。動く可能性のある車は、橋を渡った先にしかなかった。

「はぁっ……！　はぁっ……！」

両手ににぎりしめたショットガンのせいで姿勢が崩れ、すぐに息が切れた。体がこわばっている。焦りで体の動きがスムーズにいかない。喉が焼けつき、肺がふいごのように酸素を求める。

それでも雄介は走った。

今かこまれたら終わりだ。

六車線の大きな橋の、そのたもとにたどり着いたところで、視界の先にふたつの人影が見えた。

「……はぁっ……はぁっ……」

立ち止まって息を整えながら、目をこらす。

人影は、橋の出口にある車両のそばに立ち、はっきりと意志を持ってこちらに対峙していた。

ただのゾンビではないし、自分の他に人間がいるはずがない。

知性体だ。

地下駐車場の方を振り向くと、髑髏男が悠然とこちらに向かって歩いていた。

今橋を渡れば、挟み撃ちにあう。

きびすを返し、市庁舎の前を通って、反対側の橋に向かう。

（くそっ！）

嫌な予感が、じりじりと沸きあがる。

バイクでさっさと脱出するつもりが、広い路上で、獲物のように追い立てられている。

橋の先に知性体がいたということは、最初から、こちらの逃走を妨害するつもりだったということだ。

「……どけよっ！」

路上をうろついていたゾンビを避けそこね、体当たりで押し倒す。

崩れた姿勢を立て直しながら、反対側の橋を見たところで、そこにも人影があるのに気づいた。

先ほどと同じような知性体。

今度は橋の先ではなく、こちら側にいる。欄干のそばに立ち、こちらをながめている。

ショットガンの銃口を上げて威嚇するが、人影は微動だにしない。この距離なら当たらないと思っているのか。

（いけるか？　くそっ！　これならまださっきの橋のほうがっ！）

背後を振り向くと、髑髏男と、橋の向こうにいた知性体が、急ぐでもなく、こちらを挟むように距離を詰めている。

一か八か、覚悟を決めて前方の橋を渡ろうとした。

そのとき、思わぬ方向から人影に飛びかかられた。

視野が狭まっていた。放置車両の死角に、男の知性体が潜んでいた。

ショットガンを奪われそうになり、とっさに銃のストックで横面を殴る。ひるんだその隙に腹を蹴り、距離を離したところでトリガーを引くと、爆音とともに男のはらわたが吹き飛んだ。胴と腰はまだつながっていたが、背骨が砕けたのか、路上に倒れこんで腕でもがくだけになる。

顔を上げると、近くにいた数体のゾンビの中から、一人の女がこちらに足を踏み出した。

とっさに撃とうとして思いとどまる。

ゾンビの後ろに隠れられたら無駄弾になってしまう。撃つならもっと引きつけてからだ。

(あと何発だ?)

焦りながら、ポケットに手を突っこんで残弾を数えようとする。

後ろからガラスの破砕音がした。

振り向くと、市庁舎の二階から飛び下りる影があった。

槍女だ。

屈伸した姿勢で着地し、セーラー服のスカートをなびかせ、こちらを見ながら立ち上がる。

さらに市庁舎の玄関から、別の男が現れた。手に鉄パイプを持って階段を下りてくる。警備班が使っていた獲物だ。二階で拾ったのだろう。

雄介は無意識に後ずさった。

かこまれかけている。

最初から、庁舎内でこちらを仕留めるつもりはなかったのだ。

屋内ではショットガンの優位性は覆せない。仲間の犠牲が大きくなる。それを避けるために、こちらが外に逃げようとするタイミングを狙っていたのだ。

（……！）

唇を噛《か》みしめる。

最初の橋を、強引にでも突破しておくべきだった。敵に対して残弾が明らかに足りない。

今から橋を渡ろうとしても、背後を襲われるだけだ。知性体とはいえ、しょせんはゾンビだと侮《あなど》っていた。群れでの狩りは相手の得意とするところだと、あの夢でわかっていたのに。

残る逃げ道は、市庁舎の反対側、未知の領域を抜けた先にしかなかった。

雄介はブロックからブロックへと走った。

このあたりは市の中心部で、道路は広く、ビルが建ちならんでいる。そのあいだを、雄介は必死で駆け抜けた。

知性体はじわりと包囲網を狭めてくる。それでいて、一定の距離からは近づいてこない。真綿で首を絞めるような包囲網だった。

至近距離から人影が現れ、とっさに銃口を向けて引き金を引く。

腕を吹き飛ばすが、バランスを崩したあとは、こちらには目もくれず歩いていった。

ただのゾンビだ。

弾を無駄にした。

頭に血がのぼる。

「かかってこいよっ！」

後ろにいた知性体に向けて、引き金を引く。

銃声とともに車のボンネットがはじけ、フロントガラスが粉々に砕ける。

しかし、知性体にはかすりもしていない。影のように遮蔽物から遮蔽物へと動いている。

（あと何発だ？）

街路を走りながらポンプ操作で排莢し、ポケットから次弾を装填する。その三つめを、指がつかみ損ねた。指先からこぼれた円筒形のショットガンシェルが、アスファルトの道路に転がる。慌てて拾おうとして、つま先が遠くへはじき飛ばした。

（……っ！）

完全に体がこわばった。

顔を上げれば、包囲網はさらに近づいている。

震える手でポケットをまさぐり、ショットガンに三発目を装填する。

予備は二発。

合計でも、残り五発。

敵は、見えているだけで七体いた。

そこで、本物の恐怖に襲われた。

今まで死の覚悟などしたことはなかった。

いつでも逃げ道があった。

それが、追いつめられている。

(……死ぬ?)

他の人間と同じように、ゾンビに喰われて。

「ふざけんな!」

恐怖と怒りのままに銃口を向けようとして、ぞっとするほどそばを影が走った。細い側道を回りこまれていた。

とっさに銃口を回して撃つ。

一発、二発。ろくに狙いもつけず、引き金を引いた。

爆音が連続する。

知性体が身を引き、一時的な空白地帯ができた。

牽制にはなったが、数は一体も減らせていない。

(弾を……)

銃にあるのは残り一発。

撃ちきる前に次弾を装填しなければ、無防備になってしまう。

遮蔽物を求めて周囲を見渡す。

ビルの一階にあるコンビニの自動ドアが開きっぱなしになっていた。そこに飛びこみ、カウンターを越えて床に転がる。打ちつけた痛みも無視してカウンターに背をつけ、震える手で、残っていた二発を装填した。

これで、最後の三発。

タイムリミットは確実に近づいている。

(逃げられない)

冷然としたその言葉が、みぞおちのあたりを締めつけてくる。

知性体は復讐を求めている。

奴らに捕まれば、ろくな死に方はしないだろう。

大学キャンパスにあった、処刑場の光景が頭に浮かぶ。

出口をふさがれる前に脱出すべきだと頭でわかってはいたが、体は動かなかった。

知性体は店内には入ってこない。下手に踏みこむと、散弾の餌食になるとわかっているのだ。

(今なら)

弾は残っている。

呼吸が速くなる。

(…………)

焦りが、思考を、虫食いのように穴だらけにしていく。

避けられない死の影。

その形を自分でコントロールできる、唯一の手段。

手にしたショットガンの銃口、それだけが頭の中で広がっていく。

何かが店内に投げこまれた。重量のあるものが床を転がる音。雄介はカウンターから顔を出すこともできない。知性体がこちらの動きを探っているのはわかっていた。

そのまま、しばらく静寂が続いた。

このままにらみ合いを続けられるかと一瞬思ったが、時間がたてばたつほど包囲は固まる。脱出するなら今しかないが、外に逃げても、力尽きるまで追われることは目に見えていた。

自分だけ、たった一人で、敵にかこまれている。

味方はいない。

そもそも、自分がそれを拒否してきたのだ。

ふさわしい結末。

(…………)

雄介は震える息を吐き、ショットガンの銃身を持ち上げようとした。

そのとき、こつりと、腰に当たるものがあった。

(……?)

手探りでベルトを探る。後ろのカウンターに当たっていたのは、深月に渡した自動拳銃だった。

恐怖が一瞬、とだえた。

自分なりの方法で戦うと言って、これを受け取らなかった深月の姿。

たしかに市役所から脱出するときのあの状況では、銃のあるなしなど、ささいなことだった。

ほとんど無手のまま、一人で、ゾンビのうろつく市庁舎の中を走っていた。

「……」

拳銃からマガジンを取り出し、残弾を確認する。まだ数発は残っている。

「…………ふーっ」

仰ぐように拳銃をひたいに当て、雄介は大きく息をつく。

拳銃と合わせても、弾はまだ足りない。ショットガンと違って威力も弱い。それほど状況が変わったわけでもない。

それでも。

(あいつを殺せば)

リーダーである髑髏男を潰せば、逃げる隙ができるかもしれない。

敵の群れとしての成り立ちがどこまで髑髏男にかかっているのかはわからないが、他に可能性はない。

息を整えたあと、雄介は裏口から飛び出した。

待ち伏せはなかった。暗闇にいるはずの敵のことは考えず、なるべく広い道を選び、前だけを見て走った。ショットガンはスリングを肩にかけて背中に戻している。警戒しながらの移動ではなく、全力疾走だった。

(奴らだって走る速さが上がってるわけじゃない)

ゾンビは疲れを知らないため長期戦になれば不利だが、短期的になら攪乱《かくらん》できる可能性はある。

道路を挟んだ反対側の街路樹に、こちらを追跡してくる気配があった。ショットガンに手が伸びそうになるが、なんとかその衝動に耐えた。

(狙ったって当たらねえ)

走りながら撃っても無駄弾を撃つだけだ。敵はこちらの弾切れを狙っている。

はっきりと、自分が狩りの獲物になっていることを実感した。敵は飢えも疲れもせず、こちらがゆっくりと力尽きるのを待っている。

雄介は、遮蔽物からの奇襲だけを警戒して走った。

近くに対岸への橋があるはずだが、おそらくそこも押さえられているだろう。

大きな銀行のあるブロックを走り抜け、高層ホテルの前を抜ける。

そこで、

(あった!)

発見した地下鉄への階段、暗闇の入り口に、雄介は飛びこんだ。


電気の止まった地下は、完全な暗闇だった。

背後からもれるわずかな月明かりをたよりに、ほとんど転びながら階段を駆け下りた。

踊り場を曲がったところで、ショットガンを下ろして振り返り、階段に張りついて狙いをつける。

足音の反響が近づく。

飛び出してきた影に、五メートルもない距離から散弾を撃ちこんだ。

肩から首が引きちぎれるのが、月明かりで影絵のように見えた。

（あと二発！）

爆音で耳が痺れる中、ポンプアクションで次弾をリロードする。くくりつけたライトのスイッチを入れて逃走に移った。円形の光で切り取られたわずかな足場を飛び下りていく。

追いかけてくる知性体の足音が、痺れた耳にも聞こえた。

地上で籠城すれば包囲され、長期戦で追いつめられる。しかし、地下道なら逃げ道はあるから、敵は追跡せざるを得ない。

この完全な暗闇ではこちらが圧倒的に不利だが、他に方法が思いつかなかった。

ライトに照らされた地下鉄の構内は、見慣れているはずの場所なのに、ほとんど異世界のようだった。

前方を影が横切り、慌てて銃を構えるが、知性もなくただ徘徊していたゾンビだった。

（どこか……！　狙いやすい場所で……！）

迎え撃つ。

息が切れ、心臓がドッドッと激しく鼓動を打つ。筋肉が悲鳴をあげ、痛みに手足が引きつりそうになる。

改札を飛び越えたところで、膝《ひざ》が崩れた。着地に失敗し、床に転がった。暗闇の中で目測を誤ったのもあるし、疲労が限界に達していたのもある。

（くそったれっ！）

上体だけでショットガンを回し、同じく改札を乗り越えようとしていた知性体の男にトリガーを引いた。男は改札の向こうに叩き落とせたが、殺したかどうかはわからなかった。

すぐそばまで髑髏男がせまっていたからだ。

ギィン、と金属の引きつれる音。

振り下ろされた鉈《なた》を、とっさにショットガンで受け止めた。銃身にテープで巻きつけていたライトが衝撃で外れ、床を転がっていく。

続けて腹部に衝撃がきた。

髑髏男に蹴り飛ばされた。

「げはっ……！」

雄介は唾液を吐き散らしながら、床の上を転がった。

距離を詰める髑髏男の足音。

それでもショットガンは手放していなかった。

転がるライトの、おぼろげな光の中、片手で狙いをつけて撃った。

影がぶれ、コートがはためく。

距離が近すぎた。散弾が広がらず、髑髏男の腹部をかすめただけだった。

「つぁ！」

まともに構えて撃たなかったせいで、銃の反動を受け止められなかった。肩と腕に強烈な痛みが走り、ショットガンが手からもぎ取られて暗闇の中に滑っていく。

髑髏男の疾走音。

眼前までせまる幽鬼のような姿。

無手になったこちらに、鉈を振り下ろしてくる。

（っ！）

ベルトの後ろから自動拳銃を引き抜き、立て続けに撃った。

胴に二発、腕に一発。

近すぎて外しようがなかった。

銃弾に押され、髑髏男は一メートルほどの距離をあとずさった。衝撃で鉈がはじかれ、床を転がっていく。

それでも倒れない。

髑髏男は崩れた体勢を戻しながら、ゆっくりと顔を上げる。鬼火のような瞳がこちらを見つめた。

その服を、どろりとした黒い血液が濡らしていく。

ショットガンの弾は、服ごと腹の肉をこそげ取っていた。

「…………」

雄介は銃を構えたまま、髑髏男とにらみあう。

ライトの光が明滅し、二人を浮かび上がらせる。

相手はゾンビだ。頭を潰さなければこの敵は倒せないが、痛めた腕で狙うにはギリギリの距離だった。

それがわかっているのか、髑髏男も動こうとしなかった。新しく現れた武器が、どれほどの脅威になるかを考えているようでもあった。

そのとき改札の方で、物音がした。

先ほど倒した知性体の男が、ライトの周縁でもがいていた。

雄介は一瞬緊張したが、相手はかなりのダメージを負っているらしく、戦闘力も尽きているように見えた。改札をつかんで、よろよろと立ち上がろうとしている。

その仲間の姿を見て、髑髏男の雰囲気が変わった。

思案するようにこちらをながめたあと、ゆっくりとあとずさる。

徐々にこちらから距離をとり、拳銃の射程から外れた。

そのまま雄介が注視する中、髑髏男はもがいていた男に近づき、一度だけこちらを凝視したあと、仲間の体を抱え、暗闇の中に引きずるように消えていった。

「…………」

しばらくのあいだ、雄介は拳銃を構えたまま動けなかった。

暗闇の構内に、静けさが戻る。

数十秒を数えたあと、

「つはぁっ……！　はぁっ……！」

止めていた息を吐き出し、立ち上がった。

敵の姿がないことを確認し、マガジンを引いて残弾をあらためる。

空だった。

「は……」

あそこで引き金を引いていたら、弾切れがばれて死んでいた。

思わず乾いた笑いがこぼれる。

(っと抜けてる場合じゃねえ)

髑髏男には痛撃を与えたが、すぐに仲間の追撃が来る。

急いでこの場を離れなければならない。

転がっていたライトを拾いに行き、そこで、ライトが不規則に明滅していることに気づいた。

見れば、ライトは半ばまで切断されかかっていた。

最初に髑髏男の攻撃を受けたときのものだ。

持ち上げると、ライトの明滅は長く、不規則になった。

ぎりぎりのところで作動していた物が、雄介が動かしたことで壊れかかっているのだ。それに気づいたとき、ふっと暗闇が訪れた。

しばらく待っても、光は戻らない。

焦りながらスイッチを押し、ライトを振ってみるが、光はつかない。完全に壊れていた。

腕の先も見えない真の暗闇に、雄介は取り残された。

「…………」

入り口には戻れない。

敵はまだ上にいる。

知性体の追撃から逃がれるためには、複雑な地下鉄の構内を、手探りで下に進むしかない。

他の出入り口か、となりの駅まで。

「嘘だろ……」

そのつぶやきは、深い暗闇の中に吸いこまれて消えた。

第十三話　暗闇の中の光

二日間、地下の暗闇をさまよった。

日付を測れたのは、そこまでだった。


足元に水音を聞いて、雄介は慌てて床に這いつくばった。手をつけると水が流れている。手探りで、通路の壁面にある小さな排水溝であることがわかった。地上では雨が降っているのかもしれない。

口をつけて水を飲む。土や埃も混じり、ほとんど地べたを舐《な》めるような姿勢だったが、ひりついた喉の渇きはそれで癒された。

（…………）

あごをぬぐい、立ち上がる。

段差に気をつけ、壁に張りつくようにして進む。

知性体の追撃はかわすことができた。

しかし、地下で完全に位置を見失ってしまった。

地図もない、自分がどこにいるかもわからない。

最初のころの、暗闇の中でいつ襲われるかという恐怖は耐えがたいものだったが、一日、二日たつうちに、暗闇そのものが雄介の精神をむしばむようになった。

となりの駅を目指さず、他の出入り口を探そうとしたのが失敗だった。駅なら点字ブロックがあるが、施設をつなぐ地下道にはそういったものはなかった。気づいたときには、現在地もわからなくなっていた。

偶然に自販機を見つけたときは、物音をたてるのも構わず壊そうとした。だが、道具もなく、手を痛めただけで終わった。

空腹が耐えがたくなり、手足に力が入らなくなる。記憶力が低下し、意識がぼんやりとする。自分の位置をすこしでも把握するには、たどってきた地形を頭の中に記憶しておくしかないのだが、それも難しくなってきた。

あるときどこかのベンチで、置き去りにされていた鞄らしき物を見つけた。中をあさるが、書類や小物が入っているだけだった。

「食い物はねえのかよっ！」

逆上して中身を投げ捨てる。

自分の声が、暗闇に響いていく。

大声を出せば、敵に見つかる危険がある。そのためできるだけ我慢していたが、それも限界が近づいてきた。

気づけば、自分が小声で独り言をつぶやいているのに気づいた。暗闇に閉ざされたあまりにも刺激のない環境に耐えるために、自分で五感の刺激を作り出していた。

暗闇を徘徊《はいかい》するうちに、雄介はだんだんと、ゾンビたちの足音を判別できるようになった。

地下では、多くのゾンビたちがさまよっていた。

ゆっくりと引きずるような足音。

一定のリズムで歩いていく足音。

壁に向かって張りついているような足音。

そのゾンビたちの姿を想像しながら、雄介は歩き続けた。

自分もゾンビになったような気分だった。

朦朧としながら歩くうちに、自分がどこかの駅にいることに気づいた。足元にごつごつした感触がある。点字ブロックだった。

焦りを抑えながら、決してそれを見逃さないように、慎重にたどる。階段を上がり、通路を進む。

ブロックは、途中でふさがれていた。

シャッターが閉まっていた。

誰かがパンデミックのときに下ろしたのだろう。

雄介は拳をにぎりしめて叩きつけた。

「開けろっ！　誰か！　開けろよっ！」

返答はない。

この暗闇に誰かがいるはずもない。

やがて、体に限界が訪れた。

ホームのベンチに横たわる雄介の横を、何人もの人間が通り過ぎていった。

それが幻覚であることはわかっていたが、闇の中に浮き上がる人々は、真にせまって見えた。

男もいれば、女もいた。スーツを着たサラリーマン。制服で連れだっている学生。イヤホンをつけた若い男。ＯＬ。老人。赤ん坊連れの母親。

こちらには目もくれず、ホームを通り過ぎていく。

それをながめながら、

（まあ……結局こんなもんか……）

ひび割れた唇が、かすかな笑いを作る。

（因果応報ってあんだなぁ……）

あの包囲を逃れたのに、地下で迷って餓死するとは。

この状況では、自分の特性など何の意味も持たない。

聞こえないはずのスピーカーが鳴り、ホームには電車が到着した。

開いたドアから、人間たちが乗りこんでいく。

その人ごみの中に、見覚えのある姉弟の姿が見えた。

ホームの隙間に足を挟まないように、二人とも姉の手をにぎっている。

かつて出会ったころのように、三人そろっていた。

放送が流れ、ドアが閉まる。

少女が振り返り、こちらを見て首をかしげた。ドアに寄り、何かを言おうとしている。

その声は聞こえず、三人を乗せた電車は動き出した。何か言いたげな深月を乗せて、車両はホームをゆっくりと遠ざかっていく。

それを雄介は無言で見送った。

(都合のいい夢だなあ……)

あれが現実であれば良かったのだが。

山に向かったはずの深月たちのことを思い、はたして生きてたどり着けたかどうかを考え、それも泡沫《ほうまつ》のように思考の外に消えた。

ひとけのなくなったホームは寒かった。腕を寄せ、吹きこむ風の冷気に耐える。

ふと、同じベンチのはしに、小さな男の子が座っているのに気づいた。

見覚えはないが、どこか既視感があった。最初はわからなかったが、すぐにその正体に気づいた。

(……ああ……そういやそんなこともあったな……)

小さいころ電車の乗り換えではぐれて、一人になったことがあった。そのときの記憶だ。ホームで半日ほど待ち続けたあと、諦めて自力で帰ったのだ。

(じーさん、家で寝てたな……今思えばあんまりだよなあ……)

男の子をながめる。サイズの合っていないぶかぶかの服。髪はボサボサで小汚い。石のように身動きせず、無言で視線を落として座りこんでいる。

(目つきわりー……そりゃ誰も声かけねーわ……)

下手に動けば入れ違いになると思って、迎えを待っていたのだ。
(こねーよ誰も……さっさと帰れ……)
心の声が聞こえたのか、ふっと男の子の姿が消えた。
それきり、色づいていた夢の世界も、暗闇にのまれた。
徘徊するゾンビたちの、かすかな足音だけが耳に戻る。
夢も見ず、通り過ぎていく足音を聞き流しながら、雄介はうとうと眠りにつく。
ふと、足音のひとつが、ベンチの前で止まった。
しばらくの静寂のあと、手のひらがゆっくりと、こちらに差し伸べられた。
それは夢でのことだったのか、雄介はそれきり深い暗闇に落ちていった。

◇　◇　◇　◇

まぶたを差す刺激に、涙がこぼれる。
「なん……こりゃ……」
口を開くと、自分のものとも思えないしわがれた声が出た。
腕で顔をかばい、目に襲い来る痛みに耐える。
しばらくして、それが光であることに気づいた。
こぼれる涙をぬぐいながら、おそるおそる腕をずらし、光に目をこらす。

逆光の中で、フードを被った女のシルエットが、すぐ間近からこちらをのぞきこんでいるのが見えた。

（……！）

とっさに起き上がろうとするが、体に力が入らない。

肘《ひじ》をついて体を持ち上げることもできない。もがくうちに、後頭部の柔らかい感触に気づいた。

膝枕だ。

頭上にあるシルエットが、首をかしげる。

「………」

ゆっくりと目が慣れてくる。

そこは吹き抜けの広場だった。

天井はガラス張りで、そこから太陽の光が差しこんでいた。

中央には噴水があるが、水は涸《か》れている。広場をかこむ石のベンチのひとつに、雄介は寝かされていた。

まわりの状況を把握すると、雄介はふらつく体を慎重に動かし、ゆっくりとベンチから下りた。

フードを被った人影は、それを妨害することもなく、こちらをながめたままでいる。

そこで、ようやく相手の全身が見えた。

ベンチに座る、迷彩のレインコートの女の姿。

三つ編みの黒髪が肩に流され、フードからこぼれている。

無感動な瞳が、じっとこちらを見つめていた。

「へ……」

雄介と同じマンションに住んでいたＯＬ。

時子《ときこ》だった。

ゾンビと化していたため、同じマンションの一室に閉じこめていたが、自衛隊の救助が来ると聞いて解放したのだ。

その時子がなぜここにと思い、そこで、最後に別れたときのことを思い出した。

距離が離れて追いつけなくなるまで、ずっとこちらのあとを追っていた時子の姿。

あれからずっと、自分を探していたのだろうか。

雄介がじっと見つめると、時子は視線を外し、フードの下からぼんやりと、光のさす頭上をながめ始めた。

その姿に、かすかなイメージがふっと頭をかすめる。

差し伸べられたもの。

雄介は自分の手に視線を落とすが、それは夢の中の幻影として、形にはならず消えていった。

◇　◇　◇　◇

広場のそばにはいくつも店舗があり、食料と水はすぐに見つかった。

ただ、体の衰弱は激しく、体調を戻すのに二日かかった。

ベンチに座り、ペットボトルのお茶を喉に流しこむ。となりには時子が座り、何をするでもなく、頭上をながめている。

その様子からなんとなく、時子がこの広場を気に入っていることがわかった。

それは、生前からのことだったのかもしれない。

本調子になるにつれて、雄介はその違和感に気づいた。

今の時子には、存在感としか言いようのないものがあった。おそらくそれは、雄介にしか感じ取れないものだ。

知性体に咬まれ、昏倒したときに見た夢。

その中で感じた、同胞とのつながり。

そのごく微弱なものが、時子にも感じられた。

(あの夢んときも、時子ちゃん出てきたしなー……)

雄介にとっての、仲間の知性体、なのかもしれない。

「……食べる?」

差し出した食料に、時子は視線をそらした。

「……わけねーか」

となりに座る時子の様子を観察しながら、雄介は考える。

(たぶん助けられたんだよなあ……)

ホームのベンチで意識を失ったあとの記憶はない。

どうやってこの場まで来たのかも定かではないが、ともかく命は長らえた。

時子の執着は、一時に比べれば鳴りを潜めているが、なんとなくこちらを気にかけているのは感じられた。

それでも人間的な感情を取り戻しているわけでもなく、おぼろげなつながりがあるだけだ。感謝の言葉にもあまり意味はなさそうだった。

雄介は時子とならんで座り、ぼんやりと吹き抜けの天井をながめた。

頭上からは、外の光が差しこんでいる。

(どーするか……)

地上への出口は、それほど遠くない場所に見つけてある。

夢の中で見た、深月たちの姿が気になった。

(……あいつら、ちゃんと山まで行けたんかな……)

あれから何日もたっている。

知性体に追われなかったとしても、ゾンビのうろつく街を突っきっての脱出だ。

途中での全滅も充分ありえた。

(………)

視界のはしで、フードが揺れる。

立ち上がった時子は、こちらをしばらくながめたあと、背中を向けた。

レインコートを着たその姿が、ゆっくりとベンチから離れていく。

雄介が黙って見送る中、時子は振り返ることなく、日の光の届かない、地下の暗がりに歩み去っていった。

◇◇◇◇

街を大回りしたせいで、山にたどりつくころにはすっかり夜も更けていた。

ライトはつけなかった。知性体というより、人間に見つかりたくなかった。

星明かりの下、かつて調達班と登った道路を、黙々と歩く。

やがて遠目に、センターの入り口が見えてきた。

中央にある大きな宿泊所の屋上に、かがり火が焚《た》かれている。

まわりには、何人かの見張りの人影が見えた。

見つからないよう、森の木々にまぎれて近づく。星明かりは森の天蓋《てんがい》に遮られ、かがり火もここまでは届かない。見とがめられる恐れはなかった。

充分近づくと、雄介はそばの木にもたれて、センターの様子をながめた。

観察するうちに、記憶にあるセンターがすこしずつ整備され、生活の場へと姿を変えているのがわかった。車や物資が移動され、重機も置かれている。防御用の堀も作りかけられていた。

その様子に、雄介は小さく息をついた。

おそらく、大多数が無事にたどり着けたのだろう。

それがわかれば用はなかった。

(行くかあ……)

木の幹から体を起こし、きびすを返す。

時間をかけてアスファルトの道路に戻るころには、月もずいぶんと大きくなっていた。

後ろから、誰かの足音が近づく。

振り向くと、数メートル先に、息を切らした深月が立っていた。

荒く呼吸する胸を押さえながら、まっすぐこちらを見つめている。

「……一人で出歩くなよ、危ないだろ」

言いながら、場違いな言葉だなと思った。

深月は答えず、ゆっくりと歩み寄る。

やがて小走りになり、体当たりされるように抱きつかれた。

両手がこちらの服をにぎりしめる。

「……」

うつむいたままで表情は見えない。

そういえば、さきほど見張りの一人と目が合ったような気がした。暗闇だったので気にしなかったが。

「……よく俺だってわかったな」

深月は抱きついたまま、無言で首を横に振る。

遠目に人影が増えていた。

センターの人間たちが、こちらの様子をながめている。

雄介はやんわりと深月を引き剝《は》がそうとしたが、深月は離れなかった。

言うべき言葉をいろいろと考え、結局、一番大事なことだけを言った。

「なあ、わかるだろ。俺があそこにまじるのは無理だって」

深月の震える声。

「一緒にいてください」

「……」

この場所の遠く背後には、ひとけの絶えた街並みが広がっている。

ゾンビたちの徘徊する世界。

自分の向かうべきはそちらだとわかっていたが、取られた手を振り払うことはできなかった。

顔を上げると、かがり火のまわりで、センターの人間たちが手を振っていた。こちらを迎えるように。

雄介はしばらく躊躇《ちゅうちょ》したあと、深月とともに、人間たちの居場所へ足を踏み出した。

閑話　最初の春（書き下ろし）

閑話　最初の春

山の上の、さらに三十メートルの高さともなると、吹きつける風は強く、春先でも寒く感じられた。

「さっむ……」

ジャケットのえりを寄せながら、雄介は双眼鏡をのぞきこむ。

山頂近くにある電波塔の上からは、ふもとの街が一望できた。さえぎる物もなく、パノラマのような光景が広がっている。

電波塔は骨組みだけの吹きさらしで、足場もせまい金網だ。地上ははるか下にあり、高所恐怖症の人間なら一歩も動けなくなりそうな光景だったが、雄介は双眼鏡の先にだけ注意を向けていた。

「やっぱ増えてんなあ……」

野外センターに移住してから数ヵ月。

寒さがやわらぐにつれて、ぽつぽつと街に現れはじめた人影が、今は数も増え、街の各地にあふれている。

ゾンビたちだ。

去年のパンデミック直後ほどではないが、もう街に下りるのは無理だろう。

自分以外は。

「ふーむ……」

雄介はあごをなでて、これからのことを思案する。

ふと、風に乗ってかすかに人の声が聞こえた気がして、雄介は視線を下ろした。

「ええ……あいつ何してんだ」

深月が、電波塔の中のはしごを登ってきていた。

肩にバッグをかけ、風にスカートをはためかせながら、慎重に一段ずつ上がってくる。

やがてこちらの足場までたどりつくと、深月は大きく息をついた。それから下を見て、すこしたじろぐ。

「うわ……高い。下から見るのと、全然違いますね」

「おまえな……。……まあいいや」

野外センターからここまでは、尾根ぞいに車道をそれなりに歩く。森の主要地点に張ったワイヤーでゾンビの侵入を防いではいるが、それも完璧ではない。一人で出歩くのは危険なのだが、雄介はそれを言うのを諦めた。

深月が意外そうに、

「あれ、怒られるかと思いました」

「言っても聞かねーだろ」

「……えへへ」

深月が小さく笑い、バッグから何かを取り出す。

出てきたのは、折り畳まれたアルミの防寒シートだった。

「寒いでしょ」

「……」

雄介はため息をつく。

二人で肩を寄せてシートにくるまり、街を見下ろした。

「どうですか？　街の方は」

「増えてる。見るか？」

「いえ、いいです」

言いはしたものの、あまり興味はないらしい。

雄介は双眼鏡を目に当て、街の光景に意識を戻した。

深月は眼下の街をながめながら、ぽつりとつぶやいた。

「無線も、あれからきませんね」

「そうだな……」

野外センターの他に生き残りの人間がいることがわかったのは、一週間前のことだ。

受信したときの電波状態が悪く、すぐに途切れてしまったが、複数の人間が集まる場所があることを、その無線は伝えていた。

野外センターからも連絡を取ろうと試みられたが、成果はなかった。市庁舎では広域放送用の設備があったが、野外センターには携帯用の物しかない。たまたま受信できただけでも運が良かった。

そこで目をつけられたのが、この電波塔だった。

もとはラジオの送信塔で、広域に電波を送ることができる。高度もあり、電波を飛ばすには最適のロケーションだった。

「まだこれが使えるかどうかはわかんねーけどな。電気の問題もあるし」

近くには付帯設備の入ったコンクリート造りの建屋があるが、それらも停電したままでは使えない。操作には専門知識も必要だ。

それよりは、塔に新しく送信機を設置して、野外センターから中継するという案もあったが、まだまだ手探りな状態だった。

食糧事情も余裕があるわけではないし、他の問題も山積みだ。電波塔のことはもうすこしあとになるだろう。

そこで、深月がずっと黙っているのに気づいて、雄介は双眼鏡を下げた。

深月はぼんやりと、こちらを見上げていた。

視線が合うと、びっくりしたように瞳をまたたかせる。

雄介は不思議に思い、

「なんだ？」

「えっ……いえ、なんでも……ないです」

深月は顔をそむけるが、その頬は染まっている。

(最近変だな、こいつ)

ふとしたときに視線を感じることが多くなった。

しかし、何か言いたいことがあるわけでもないらしい。

二人はしばらく無言のまま、ならんで眼下の光景をながめた。

◇◇◇◇

冬のあいだ、雄介を除く野外センターの人間たちは、中央ロッジで固まって暮らしていた。

散らばって寝泊まりしていると、緊急時に防ぎきれないためだ。

ただ、中央ロッジはすし詰めの状態で、住人のストレスも溜まっていた。

そこで、センターをかこむ堀と柵が完成し、防御の目処《めど》が立ったところで、居住範囲を広げることになった。

深月もその日、雄介の住むコテージへ引っ越してきた。

「お世話になります」

「おー」

寝起きでぼさぼさの頭をかきながら、深月と子供らの三人を中に招く。

深月は以前からこのコテージに来ていたので勝手は知っている。引っ越しといっても、わずかな手荷物を運ぶぐらいだ。

「とりあえず、部屋を掃除しますね」

中の様子をひととおり見て、深月が言う。

「あー……。リビング以外はあんま使ってなかったからな……」

雄介の住むコテージは、屋根裏もついたそれなりに大きな建物だ。キッチンカウンター付きのリビング兼ダイニングに、独立した寝室が二つ。風呂場も、浄化槽のトイレもある。

ただ、一度も掃除をしていないせいか、さまざまなところにほこりが積もっていた。

「大丈夫です。任せてください！」

深月が妙にやる気を出して、子供らと一緒に掃除の準備を始めた。

バケツやぞうきんを準備し、ウッドデッキのベランダや、部屋の窓を開け放って、ぱたぱたと動きはじめる。そのあいだに雄介も、部屋に散らかしていた物をまとめていった。

掃除の途中、深月が扉から顔を出した。

「寝室の雑誌はまだ読みます？　どこかにしまいますか？」

積まれていたバイク雑誌のひとつを手に、深月が聞いてくる。

「あー、それは全部読み終わったから……燃料にでもするか。あとで中央に持ってってってくれ」

「わかりました」

「あ、ついでにこれも」

キッチンの収納から、小さなダンボールを取り出す。中からはビンのぶつかる音がした。

「このコーヒーも持ってくか。インスタントだけど」

「ああ！　喜ばれますよきっと！」

深月が顔を輝かせる。

かたづけるうちに、まだ利用できそうな物がいくつも出てきた。中央ロッジに持って行くにもかなりの量になったので、雄介も運ぶのを手伝うことにした。


コテージを出て、土の道をならんで歩く。

野外センターの見える範囲では、数人がいるだけだった。暖かくなってきたので、農作業のほうに人手が集中しているのだろう。

道の途中で、センターの人間とすれ違った。

若い女だ。

かるく頭を下げられる。

「こんにちは」

「ども」

雄介はそのまますれ違おうとしたが、深月が声をかけた。

「武村さんがコーヒーをくれましたよ！　食堂に持っていきますから、あとで飲んでください」

「ほんと!?　全員分あるかな？」

女が手を合わせて喜ぶ。

そのまま盛り上がる女二人を、雄介は手持ちぶさたにながめた。

野外センターで生活をしている雄介だが、この数ヵ月、あまり他の人間と関わろうとはしてこなかった。

雄介の立場は複雑だ。

冬のあいだに、危うく餓死者が出そうなことがあった。市役所からの脱出の際に、物資を持ち出せなかったためだ。そのときは雄介が食料を集めて、なんとか切り抜けることができた。

そんな経緯から、雄介はその気になればこの野外センターを支配できるぐらいの発言力はあったが、中央の運営からは身を引いていた。

肩入れすればするほど、身を粉にして働くことを要求される——そんな予想が容易についたからだ。

代わりに今のセンターを主導しているのが、調達班の社長だ。

他のリーダーが全滅し、牧浦が口を閉ざした今、他の人間をまとめられるのは社長しかいなかった。

雄介はその社長から個人的に頼まれるという形で、たまに物資を取りに街に下りる生活をしている。ほとんど独立した生活をとる雄介の、そこが妥協点だった。

今のところ、他の人間は当たり障りのない態度を見せている。

敵視はされていないが、やや避けられる程度の距離感。

その距離をこちらから縮めようとは思っていなかった。

女と別れたあと、深月との会話の流れで、そんな話をした。

「向こうもいろいろ思うところあるだろうし、こっちもめんどくさい」

雄介の言葉に、深月は首をかしげる。

「それは、避けてるってわけではなくて……たぶん、どんな風に声をかければいいかわからないんだと思います。いろいろありましたから」

「ふーん？」

「雄介さんと話をしたい人はたくさんいます。……でも別に、無理に仲良くする必要もないですけどね」

「ん……意外だな。おまえはあいつらと仲いいと思ってたけど」

深月は山に来てから、積極的に他人と交わり、今では完全に受け入れられている。知り合いも多いように見えた。

深月は困った顔をして、

「それは……雄介さんは誤解されやすいから、私がちゃんと伝えれば、変な考えをする人も少なくなるかなと思って」

「……」

意外な言葉だった。

雄介が孤立しすぎないよう、センターの人間との橋渡しをしていたらしい。

コテージに引きこもっていた雄介だ。どんな噂が一人歩きするかわかったものではない。この分だと、深月のおかげで雄介への態度を改めた人間も多そうだ。

黙ったまま歩く雄介に、深月はしょげた顔をした。

「……余計なお世話ですね。ごめんなさい」

雄介は首を振る。

「いや、んなこたない。めんどうなのは嫌いだし、それなら助かる」

「よかった」

深月は笑った。

「だから、雄介さんは無愛想にしてても大丈夫ですから。気をつかって話をしたりする必要は全然ないですからね。特に女の人には」

「……そうか？」

「そうです」

「そうか……」

「はい」

反論できない空気を感じて、雄介はうなずいた。

◇　◇　◇　◇

日が暮れる。

野外センターには発電機や、太陽光発電の設備もあったが、限られた電力を照明に使うのはもったいないということで、就寝時間は早かった。

雄介のいるコテージも、夕暮れどきには食事を済ませ、あとはオイルランプの明かりだけで過ごしている。

「あいつら屋根裏で寝るって本気か？　汚ねーのに……」

雄介はソファーに腰かけながら、雑誌を片手につぶやく。

隆司と女の子の二人は、屋根裏に布団をしいて寝るらしい。元はほこりっぽい物置き場だったのだが。

「ちゃんと掃除したので……。あそこがすごく気に入ったみたいです。子供はああいう所が好きですよね」

深月が微笑ましそうな表情を見せる。

屋根裏には天窓もあり、秘密基地めいた場所ではあった。

(まあ、一階よりは安全か)

ゾンビのことを考えながら、雄介はうなずく。

センター内は安全ということになっているが、保証があるわけでもない。いざというときのためにコテージにはガンケースもあり、銃器類も常備してある。

深月はしばらくテーブルで針仕事をしていたが、一段落ついたのか、椅子から立ち上がった。

「食器をかたづけてきます」

「あいよ。俺はもう寝るけど、おまえはどうする？」

「あっ……そう、ですね」

深月は気まずげに沈黙する。

微妙な空気がただよった。

同じ屋根の下で寝るのは、数ヵ月ぶりのことだ。

「……もうちょっと起きてます。先に休んでてください」

「わかった」

深月を残し、雄介は寝室に向かった。

◇◇◇◇

夜半、扉の開くかすかな音がした。

ベッドの上からぼんやりと薄目を開け、そちらに意識を向ける。

常夜灯代わりにしたオイルランプの小さな明かりの中、入ってきたのは深月のようだった。

小声で話しかけてくる。

「雄介さん？」

まだ夢うつつにあった雄介は、返事をしなかった。

深月はしばらく入り口で立っていたが、こちらが身動きしないのを見ると、ゆっくりと足を踏み出した。となりで寝るのかと思ったが、もうひとつのベッドを迂回して近づいてくる。

すこしして、ベッドの端が沈みこむ感覚があった。

深月がシーツに手をついて、こちらに覆い被さるように身を乗り出してくる。

「……寝てますか？」

かすかなささやき声だ。

返事をしないでいると、わずかにためらうような間があった。

顔に気配が近づく。

やわらかい感触が唇に触れた。

ゆっくりとこちらをなぞるように動く。

かすかな呼気を感じた。

「……ぁ……」

かさついていた唇をかすかに舌先がなぞり、しっとりとした感触に変える。皮一枚をこするように、濡れた唇が動いていく。

「……はぁっ……ふぅ……」

深月は荒くなった息を抑えるように、顔を上げて深呼吸をした。

「……はぁ」

小さく息をつき、そのままベッドから離れようとする。

その腕を、雄介はつかんで引き寄せた。

「えっ!?」

体勢を入れ替え、強引にベッドに押し倒す。

「あっ……！　お、起きてたんですか……？」

「途中からな」

馬乗りになり、服に手をかけようとしたところで、深月に予想外の抵抗をされた。

つかまれた腕には力がこもっている。

「嫌か？」

「………」

深月は顔をそらして答えない。

野外センターに移ってからは、住環境のこともあり、深月との行為はしていなかった。

何度か機会はあったが、するりと逃げられていたような気もする。

(……まあ、そんなときもあるか)

体を起こして離れようとすると、深月が慌てて引き留めるように服をつかんできた。

「あ、あの！」

必死の表情で、

「いっ……嫌なわけじゃないんです。ただ、恥ずかしくて……」

「恥ずかしい？」

深月とはこれが初めてではない。

スーパーからこちら、何度も体を重ねてきた。

その疑問の気配を察知したのか、深月は顔を赤らめた。

「……だ、だって。私が……雄介さんのことを好きなの、バレちゃってるじゃないですか。……それで、するのが、急に恥ずかしくなって……」

深月は顔を伏せて照れながら、視線を合わせないようにしている。

(ええ……そんなもんか?)

雄介には理解できない感情だった。

深月はやけになったように言う。

「気軽にはできませんよ！　……その……好きすぎると……！」

「……うーん。そうか」

深月は恨めしそうな顔で見上げる。

「雄介さんは、そういうことはなさそうですね」

「おう。今もすげーやりたい」

「……うぅ……」

深月は顔を真っ赤にし、涙目でこちらをにらみつけてきた。

「えっち」

「……なんか恥ずかしくなるからやめろ」

「えっち！」

「やめろって！」

体を押し倒し、ベッドに押しつける。

そのまましばらく、見つめあった。

「やるぞ」

「……」

深月は視線をそらし、頬を赤らめながら、かすかにうなずいた。

腰を引き寄せてうながすと、深月が唇を合わせてくる。先ほどとは違う大胆なものだ。差し出した舌先に、吸いつくようにキスをしてくる。

「んっ……ふ……ぅ」

ベロの全体をこすり合わせると、深月はもだえるように身じろぎした。

服のすそから手を差し入れ、背中のホックを外して、ブラを引きずり出す。こぼれた乳房が、手の中でやわらかく形を変える。

その肌の感触を味わっていると、深月が欲情した瞳でこちらを見上げてきた。

「下も脱がせるぞ」

深月は荒くなった息のままうなずく。

腰を浮かせ、まくり上げたスカートの下から、タイツをずり下ろす。

裸の太ももはすべすべしていて、手に吸いつくようだった。

そのままショーツの端までなぞっていく。

「んっ……」

深月は羞恥に顔をそむけた。

太ももはこわばったようにぴっちりと閉じられていたが、その隙間をふにふにとなでさすっているうちに、ゆっくりと弛緩《しかん》しはじめた。

ゆるんだ太ももの隙間から、ショーツに指を差し入れると、深月がびくんと体を震わせた。

「……うぅ……」

恥ずかしげな声がもれる。

薄い陰毛をかき分け、入り口の部分を探し当てる。

そこはすでにぬかるんでいた。

深月は顔を真っ赤にして、されるがままになっている。

上着もはだけさせ、乳房をあらわにする。

こぼれた深月の乳房は、重力に引かれてふるふると揺れていた。

手をそえて、下からすくうように持ち上げ、先端を口に含む。

「あ……！」

深月の上ずった声があがる。

舌でつつき、口内でねぶると、それはすぐに硬くなった。

深月の息もどんどん荒くなっていく。

「はぁっ……ぁっ……！」

さらに舌で責めると、深月はこちらの頭をかかえるように抱きしめてきた。

「好き……？　私のおっぱい好きですか……？」

深月が震える声で言う。そのかすれた声に、こちらの興奮もかき立てられる。

乳房の先でふくらんだものを舌先で転がすたびに、深月は嬌声をあげた。

膣内に差しこんだ指には、熱い蜜がからみついてくる。

二本の指でかき混ぜるように抜き差ししながら、淫核を親指で弾く。

「だめ……！　だ……め……っ！」

その声の高まりに合わせて、強く吸い上げる。

深月がか細い悲鳴をあげて、体を跳ねさせた。

ぷるぷると震えながら、快感に耐えている。

「…………ぁ……ふ、う……」

しばらくして呼吸が落ちついてくると、深月が顔を上げた。

「……私ばっかり……」

恨めしげに言うが、乱れる深月の姿に、雄介のものも硬くなっている。下着を突っ張るそれを見て、

「わ……」

深月が視線を泳がせる。

それから、言った。

「あの……今度は私が……口でしてもいいですか？」

意外な言葉に雄介がとまどうと、深月が慌てて言った。

「あ、あの、もしかしたら喜んでもらえるかなと思って」

深月は手をわたわたさせるが、思わず、その艶やかな唇に目が行く。

そこで肉棒をしごかれる。

考えただけで下半身に血が流れこんだ。

こちらの欲望の高まりを感じ取ったのか、深月は熱くなった頬を冷ますように手を当て、深呼吸をした。

「じ、じゃあ……しますね」

深月は壊れ物を扱うように、慎重に服を脱がせていく。

ボクサーパンツの下からいきり立ったものが飛び出すと、深月はすこし慌てたが、そっとそれに両手を添えた。

「へ、下手だと思いますけど……」

深月は長い髪を手で押さえて、股間に顔を近づける。

あと数センチの距離で、動きが止まった。ためらうような数秒のあと、深月の唇がかすかに開く。

舌先が、ちろっと鈴口を舐《な》めた。亀頭の先端に、ぬめった感触が触れる。

最初はこちらを見上げての、おそるおそるの動きだったが、やがて深月は裏すじを舐め上げはじめた。笛を吹くように唇を縦にし、濡れた舌を滑らせる。全体にキスをするようについばんでいく。

その行為自体に興奮するように、深月の顔が上気していく。目のふちが赤みを帯び、舌の動きがなめらかになる。

合間に、深月の問いたげな視線が向けられる。

「……いいぞ」

雄介が答えると、嬉しそうに頬をほころばせた。

ペニスを根元から先端まで唾液でべとべとにすると、深月は唇を開き、ゆっくりと先端を飲みこんでいった。

熱い口内には、まったりとした快感があった。

技巧は稚拙《ちせつ》だが、深月は鼻で息をしながら、懸命に奉仕を続けている。喉の奥のぎりぎりまで飲みこみ、ゆっくりと抜き出していく。

深月の唇に自分の性器が出入りする光景には、興奮をかき立てられるものがあった。

その興奮に比べて、わずかに物足りない快感。

むずがゆいその感覚に、雄介はつい腰を動かした。

深月がかすかに目を見開く。

カリ首が、その唇をヌチヌチと割り開く。

「ふ……ぅ……」

深月は目を細めてこちらを見上げ、唇を締めつけて快感を強くしてくる。

喉を突かないように気をつけるが、腰が動くのは止められなかった。

深月はちらちらとこちらを見ながら、どうやれば気持ち良くなるのかを探っているようだった。

「んっ……」

生温かいベロが裏すじに張りつき、小刻みに動く。

その刺激に思わず息を吐くと、深月は頬をすぼめ、舌をさらに動かした。

突きこむペニスに、口内が吸いつくように動く。

そうやって性器に舌をからめながらも、表に見える深月の表情は恥ずかしげなものだった。

そのギャップに興奮が高まる。

「そろそろ……」

雄介の言葉に、深月は目線でうなずく。

唇から肉棒を引き抜くと、粘性の唾液が亀頭にからみついた。

深月は舌先でそれをすくい、亀頭を唇の中に含むようにして、ちゅっちゅっと吸いつく。

そのたびに口の中で、射精欲が高まっていった。

深月は亀頭を綺麗にすると、顔を上げた。

「口の中がすごくいっぱいでした」

そう言って微笑む。

卑猥な行為のあととも思えない、幸せそうな笑顔だった。

股間がいきり立つ。

「きゃっ！」

正面から押し倒し、挿入した。

「あっ！」

スカートに隠れた深月の中は、トロトロに濡れていた。

温かい女の体内に包まれる。

抱きついてくる深月の肌はすこし冷えていて、ほてった体には気持ちが良かった。

それとは裏腹に、深月の中は熱くとろけていた。

やわらかく密着しながら、ぬるぬると締め上げてくる。

その強い快感をむさぼるように、腰を動かす。

深月は揺さぶられながら、とろんとした目で見上げてくる。

「はぁっ……はぁっ……好きぃ……」

雄介は口を開こうとして、身を起こした深月の唇に塞がれた。

とろけた瞳が、至近からこちらを見つめる。

唇を離すと、深月は微笑んだ。こちらの首をかきいだくようにしながら、耳元でささやかれる。

「……無理に言葉にしなくてもいいです。私が雄介さんをずっと見ていたい……。なんでもしてあげたいの……！」

そう言う深月の瞳には、わずかに涙がにじんでいた。快感の声をもらしながら、こちらの動きに合わせて腰をくねらせる。

最初のためらいなどなかったかのように、体を開いていた。

「……ぁ、はっ……！　私で気持ち良くなって……！　いっぱい気持ち良くなってください……！」

膣内を深く突き上げるたびに、深月はむせび泣くような声をもらした。

その媚態《びたい》に誘われるように、腰の動きが早まる。

限界が近かった。

それを察したのか、深月が腕を伸ばし、抱きついてきた。

中に迎え入れるように腰を浮かせ、結合部を密着させてくる。

熱い蜜でぬめった奥に、ペニスがいっそう深く突き刺さった。

「あ……くっ……！」

最後の呼気とともに、深月の奥で、欲望が決壊した。

「んっ！　あっ！」

同時に深月もいったようだった。

中でぎゅうぎゅうと締めつけられる。

雄介は力加減も忘れて、深月をベッドに押しつけた。乳房が潰れるほどに体を重ねたまま、腰からわきあがったものをドクドクと深月の胎内に流しこんでいく。そのあいだ深月は息もせず、むさぼるように唇をからめてきた。

射精は永遠に続くようだった。

ゆっくりと快感が遠のき、意識が戻る。

二人分の、荒い息づかいが耳についた。

「はぁっ……はぁっ……ふぅ……」

雄介はベッドに大の字になり、快感の余韻にひたる。

「……」

深月がとなりで、ゆっくりと体を起こした。

横から顔をのぞきこんでくる。

触れるだけの、かすかなキスの感触。

「……えへへ」

深月が恥ずかしそうに笑った。

◇◇◇◇

「こんな日が来るなんて、思ってませんでした」

ウッドデッキのベランダから、カーテンごしに月明かりが差しこんで、寝室がやわらかく照らされていた。

深月は雄介の腕枕に寄り添いながら、つぶやいた。

「これから、どうなるのかな……。幸せすぎて、ちょっと怖いです」

深月の瞳は不安げに揺れている。

野外センターに落ちついたとはいえ、さまざまな問題は残っている。ここでいつまで生活できるのか。綱渡りの日々はまだ続くだろう。

雄介は嘆息し、言った。

「ま、なるようになるだろ」

深月は目をまたたかせる。

それから苦笑した。

「もう……。でも、そうですね」

深月は外に視線を向ける。

「これからも……」

シーツの下で、深月が手を握りしめてくる。

雄介がそれを握り返すと、深月はふわりと笑った。

ゾンビのあふれた世界で俺だけが襲われない

I am the only one who is not attacked
in the world filled with zombies.

Character Design

牧浦さやか

（まきうらさやか）

Character Design

女の子

（名前不詳）

Character Design
社長
(しゃちょう)

Character Design
佐々木
（ささき）

Character Design

工藤

（くどう）

Character Design

小野寺

（おのでら）

俺が淫魔術で奴隷ハーレムを作る話①～③
［著］黒水蛇 ［イラスト］誉
新時代を告げるダーク・ファンタジー開幕！
天使
人間
魔族
が三つ巴で入り乱れる
ハードな異世界でハーレムを手に入れろ！
緋天のアスカ①～②
～異世界の少女に最強宝具与えた結果～
［著］天那光汰 ［イラスト］218
異世界転生で
宝具創造！
見習い剣士を最強の女勇者に！！
草原の掟①～②
～強い奴がモテる、
いい部族に生まれ変わったぞ～
［著］名はない ［イラスト］AOS
奪え！！
富も女も名声も。
——それが草原の掟。
遊牧民《ノマド》成り上がり
ファンタジー開幕！

ノクスノベルス

ゾンビのあふれた世界で俺だけが襲われない 3

2017年3月20日　第一版発行
2021年9月10日　第二版発行

【著者】
裏地ろくろ

【イラスト】
サブロー

【発行者】
辻政英

【編集】
鈴木淳之介

【装丁デザイン】
夕凪デザイン

【フォーマットデザイン】
ウエダデザイン室

【印刷所】
図書印刷株式会社

【発行所】
株式会社フロンティアワークス
〒170-0013 東京都豊島区東池袋3-22-17
東池袋セントラルプレイス5F
営業 TEL 03-5957-1030　FAX 03-5957-1533

ノクスノベルス公式サイト
http://nox-novels.jp/

※本作は、「ノクターンノベルズ」（http://noc.syosetu.com/）に掲載されていた作品を、大幅に加筆修正したものとなります。